O
INCESTO
REAL

Copyright © 2021
Júlio de Almeida

Editoras
Cristina Fernandes Warth
Mariana Warth

Coordenação de produção, projeto gráfico e capa
Daniel Viana

Revisão
BR75 | Clarisse Cintra

Esta edição mantém a grafia do texto original, adaptado ao novo Acordo Ortográfico da Língua Portuguesa, com preferência à grafia angolana nas situações em que se admite dupla grafia e preservando-se o texto original nos casos omissos.

Todos os direitos reservados à Pallas Editora e Distribuidora Ltda.
É vetada a reprodução por qualquer meio mecânico, eletrônico, xerográfico etc., sem a permissão por escrito da editora, de parte ou totalidade do material escrito.

CIP-BRASIL. CATALOGAÇÃO NA PUBLICAÇÃO
SINDICATO NACIONAL DOS EDITORES DE LIVROS, RJ

A448i

    Almeida, Júlio de, 1940-
      O incesto real / Júlio de Almeida. - 1. ed. - Rio de Janeiro : Pallas, 2021.
    152 p. ; 21 cm.

    ISBN 978-65-5602-061-7

    1. Angola - História - Ficção. 2. Romance histórico angolano. I. Título.

21-75115   CDD: 896.3933
                                      CDU: 82-311.6(673)

Meri Gleice Rodrigues de Souza - Bibliotecária - CRB-7/6439

CULTURA
DIREÇÃO-GERAL DO LIVRO, DOS ARQUIVOS E
DAS BIBLIOTECAS

Edição apoiada pela Direção-Geral do Livro, dos Arquivos e das Bibliotecas/Portugal

Pallas Editora e Distribuidora Ltda.
Rua Frederico de Albuquerque, 56 – Higienópolis
Cep: 21050-840 – Rio de Janeiro – RJ
Tel.: 21 2270-0186
www.pallaseditora.com.br | pallas@pallaseditora.com.br

O INCESTO REAL

Júlio de Almeida

Rio de Janeiro
2022

SUMÁRIO

Esclarecimento	**8**
Espiras iniciais	**14**
Mais espiras	**64**
Espiras finais	**136**

*Este livro é dedicado a todos aqueles que,
ao lerem estas páginas, dirão:
"mas este fui eu!"
E também àqueles que disserem:
"afinal foi assim!?"*

ESCLARECIMENTO

Diz-se da História que é uma ciência inexata. Inexata será de certeza! E quanto ao seu caráter científico, não raras vezes se nos apresentam dificuldades em aceitá-lo. Vem isto a propósito das enormes lacunas que encontrámos quando nos debruçámos sobre documentos daqueles tempos dos primeiros contactos entre os reinos de Portugal e o do Kongo.

Como aceitar que haja profusos relatos sobre a ida para Portugal de D. Henrique, filho do rei do Kongo, o Ntotela D. Afonso I ou Mvemba-a-Nzinga, assim como do seu primo-irmão, a quem os portugueses deram o nome de Rodrigo de Santa Maria, e quase nenhuma informação sobre os súbditos que os acompanharam?

Vemo-nos obrigados deste modo a imaginar o que terá acontecido àqueles que da História não mereceram referência, mas que existiram realmente e viveram, como qualquer outro ser humano, até morrerem. Procriaram. Mesmo que por curto tempo, viveram ainda na memória dos seus descendentes, memória essa que, claro, se foi diluindo no tempo até desaparecer sem deixar rasto. Ingrata História!

Mas demos graças aos historiadores que, a seu modo, nos legaram conhecimentos sobre os longínquos e os mais próximos tempos. Na feitura desta obra socorremo-nos de trabalhos de valor incalculável, desde os relatos das épocas, da *Monumenta Missionaria Africana* de António Brásio, das *Décadas* de João de Barros, das cartas trocadas entre os reis do Kongo e de Portugal, entre outros. E também de estudos recentes de grandes mestres, como o do nosso compatriota Ilídio do Amaral sobre *O reino do Kongo, os Mbundu (ou Ambundos), o reino dos "Ngola" (ou de Angola) e a presença portuguesa, de finais do século XV a meados do século XVI*. Obra de insuplantável valor é a do brasileiro José Ramos Tinhorão, intitulada *Os negros em Portugal* (Editorial Caminho, 3ª ed., 2019), com o subtítulo *Uma presença silenciosa*, esplendorosamente esclarecedora sobre vida, hábitos, culturas e amarguras daqueles homens, mulheres e crianças que foram arrancados pela raiz e tiveram que se adaptar a novos terrenos, com as transformações genéticas, biológicas e culturais que tais adaptações sempre consigo trazem.

Para os tempos mais recentes de nossa evolução, não posso deixar de referir o extraordinário primeiro volume da trilogia de Peter Stiff que se intitula *The Silent War*, assim como dois livros do coronel sul-africano reformado Jan Breyttenbach (o mais puro dos carcamanos): são eles a história romanceada *The Plunderers* (dá vontade de chorar, o saber como trucidaram os elefantes e rinos do Cuando Cubango) e ainda a história do Batalhão Búfalo.

Sobre os relatos dos tempos antigos nada já os angolanos poderão trazer de original, mas podem interpretá-los e, assim o pretendemos, ficcioná-los. Quem escreveu a História foram outros. Mas sobre os tempos mais modernos é uma lástima o que não se faz. Muitas memórias estão hoje sepultadas no Alto das Cruzes e em muitos outros cemitérios e várias outras para lá caminham.

Mas não há como impedir que à medida que vai desaparecendo a memória se vão sucedendo as gerações. Desde sempre e para sempre.

Proponho-me emendar este estado de coisas. Preencher lacunas. Imaginar situações e conflitos, respeitando os contextos respetivos.

Se não aconteceram, a História que me apresente provas. Antes disso, estarei inocente!

"Filho és, pai serás!"

(última frase do discurso cambulador,
dita por Eva ao ouvido de Adão,
no momento em que este lhe comia a fruta)

Anónimo – Ano 1º do século I

ESPIRAS INICIAIS

No princípio era a continuidade.

A barriga de Maria da Graça era imponente. As mulheres que trabalhavam naquele convento comentavam nunca terem visto nada assim de tão empinado, "de certeza que o bebé estava atravessado", "a cabeça está a empurrar a barriga da mãe ainda mais para fora", "parece querer sair pelo umbigo em vez do lugar natural". Todas tinham um palpite que só o tempo desfez e demonstrou estarem simplesmente especulando.

Quando as dores de parto apertaram a sério e foi chamada a parteira, esta quase que não precisou de ação para que nascesse aquele que mais tarde seria o Vagá: grande era o filhote e rechonchudo. Mal pôs a cabeça de fora começou logo a gritar e assim continuou enquanto o lavavam, só parando quando, com sofreguidão, se apossou de uma das chuchas de sua mãe.

Tão atarefada estava a parteira que só quando iniciou o trabalho de limpar a parturiente das agora desnecessárias entranhas se deparou com um outro ser, pequenino e tão franzino, que quase teria sido esquecido, não fosse a necessidade de se completar o trabalho. Pela aparência, não deveria ter sequer dois quilos de peso, no que contrastava com o seu irmão mais velho de um minuto e que aparentava rondar aí os quatro quilos. Mas nasceu vivo, ainda que não tendo merecido nem os aplausos nem as esperanças da parteira, aquele a quem conheceriam por Gavá.

Na realidade, aquando do seu respetivo batismo, ao bebé possante foi dado o nome de Vasco da Gama, enquanto para o franzinote se optou pelo inverso, Gama de Vasco. Eram nomes em voga na altura. E como eram filhos de pai incógnito para todos, exceto para Maria da Graça (e diga-se, aqui entre nós, também para os clérigos chefes daquele convento), melhor seria dar-lhes nomes que, quem sabe, mais cedo ou mais tarde, lhes pudessem ser de alguma utilidade.

A gravidez de Maria da Graça tinha sido guardada no segredo dos deuses. Mal fora detetada, os padres Loios decidiram retirá-la dos olhares demasiado curiosos da população do convento e enviá-la para um outro retiro no Alentejo, onde serviria como até ali nas tarefas caseiras, mas sem que se pudesse fazer qualquer ligação com o progenitor de seus rebentos.

O que ditara a escolha daquela região e que, naturalmente, passara pela cabeça dos padres, por onde tudo passava, era que as crianças, ao crescerem, iriam ter uma tonalidade de pele diferente da tez da mãe, o que nas paragens alentejanas não deveria criar qualquer dificuldade.

Aquelas terras de Portugal eram ainda ocupadas por uma grande maioria de descendentes dos antigos infiéis norte-africanos e mesmo os lusitanos invasores do norte já tinham tido tempo suficiente de estadia naquelas bandas para terem agora a pele curtida pelo sol, e tantos tinham sido os cruzamentos de diversas tonalidades cutâneas que uma ou duas mais escuras não contrastariam demais com as já existentes.

Para além disso, o chamado "afilhamento" de nativos do Norte de África e da região de Guiné fizera com que, ainda antes que os primeiros filhos do Kongo fossem trazidos para Portugal, já a cidade de Évora fosse habitada por mais de três mil negros, como eram então conhecidos aqueles possuidores de tez mais escurecida que, sob o eufemismo de afilhamento, para ali foram trazidos como escravos.

Maria da Graça era prática e teoricamente uma filha do convento. Ali tinha nascido e crescido, rodeada de madrinhas, inicialmente, e mais tarde também de muitos padrinhos.

Em 1508, D. Henrique, um miúdo de apenas doze anos, filho de D. Afonso I, nome com que fora batizado Mvemba-a-Nzinga, o segundo rei do Kongo após a chegada dos portugueses, fora trazido para Portugal, na companhia de outros compatriotas seus, quase todos provenientes das altas linhagens do reino, e ali tinha iniciado os seus estudos e o processo de aculturação que o levariam a ser ordenado padre em 1520 e, mais tarde, bispo, conforme reza a bula de 1518 do papa Leão X em resposta ao pedido do rei de Portugal D. Manuel I.

Desses compatriotas que formavam o grupo a que pertencia D. Henrique destacou-se, por suas muitas qualidades, habilidades e rebeldias, um seu primo como irmão, filho da irmã mais velha de seu pai e que, pela linha matrilinear, era suposto ter preponderância sobre o futuro bispo. O nome que lhe fora dado por sua mãe não consta de qualquer relato. Assim ficaremos somente com o que por batismo lhe foi imposto, Pedro, D. Pedro.

De entre o pessoal menor de apoio à congregação, cozinheiras, arrumadeiras, costureiras e outras, fora a jovem Maria da Graça destacada para tratar da roupa do futuro bispo e companheiros, roupa essa que, embora em tudo fosse diferente dos trajes que aqueles príncipes habitualmente usavam na terra natal, em nada se deveria agora diferenciar da que constituía o hábito dos verdadeiros servos de Deus. Tanto pelo clima, tão diferente e inóspito quando comparado com o que imperava nas margens do fabuloso rio, como pela nova qualidade humana assumida com o conhecimento da Verdade, D. Henrique vestia agora como os seus pares, "camisa e jaqueta de pano branco, opa e capelo de pano azul, balandrau azul. Do seu enxoval faziam ainda parte calças de pano de trezentos reais o côvado, camisas de lenço francês, gibão de cetim de cores, borzeguins, sapatos e cervilhas, barretes e cintos, tudo feito e tirado da costura".

Todo este vestuário lhe havia sido mandado entregar por Rui Leite, recebedor do Tesouro Real, a mando de sua Alteza D. Manuel I, Rei de Portugal e dos Algarves e etc., que não eram senão umas esquebras se as compararmos com as fabulosas riquezas que, em troca ou somente por comprometimento na causa comum de evangelização das almas, o seu homólogo real do Kongo lhe enviava regularmente: centenas de "peças", como se designavam então os escravos.

E tantas eram as centenas que não era difícil a el-rei de Portugal mostrar-se magnânimo em presentes e ofertas, tendo tido sorte um tal de Badajoz que, em 1513, foi presenteado com um dos escravos que chegara do Kongo, com "um preço de oito mil reais", sucedendo o mesmo ao "Fontes, mestre de capela, também com um escravo de oito mil reais", que se podiam considerar peças de luxo. Menos sorte no preço teve Bartolomeu Dias, piloto do navio Santa Catarina, a quem o almoxarife dos escravos, por ordem régia, deveria entregar setenta e oito mil reais resultantes da venda dos setenta e oito escravos por ele transportados.

Como se depreende, nem todas as "peças" eram iguais. Peça era uma medida padrão correspondente a um escravo na pujança do vigor, com uma estatura mínima de um metro e sessenta e dois, sem nenhum defeito, com todos os dedos, orelhas e dentes, saúde excelente e idade entre os quinze e vinte e cinco anos. Assim, um africano de oito a quinze anos ou de vinte e cinco a trinta e cinco anos não formava uma peça inteira: eram precisos três para fazer duas peças. As crianças com menos de oito anos e os adultos com mais de trinta e cinco contavam como meia peça.

D. Henrique, filho de rei, esse não era uma "peça".

Nem ele nem D. Pedro, nem os primeiros filhos congueses que, bem antes de D. Henrique, já tinham aportado ao cais do Tejo, para ali levados logo no regresso da primeira viagem de Diogo Cão, em 1483.

Estes representantes das margens do Nzadi, o majestoso rio, tinham sido trazidos para Portugal na condição de reféns e com a promessa de ficarem retidos na Corte apenas durante quinze meses e serem devolvidos depois, por assim ter decidido o navegador quando constatou que os seus enviados brancos a Mbanza Kongo para contactos com o Mani Kongo não regressavam.

E Diogo Cão cumpriu a sua promessa, na sua segunda viagem, mais de um ano após a primeira.

JÚLIO DE ALMEIDA

– *És capaz de imaginar a cena, vista de terra, daquelas caravelas portuguesas a aproximarem-se das margens?*
– *O que tem de especial uma cena dessas? Todo o mundo está farto de ver!*
– *De ver, ou de olhar? É que não é a mesma coisa. Só quem tem à sua frente o mar, sem outro limite que não o alcance da sua própria vista, é que tem a verdadeira sensação da esfericidade da Terra, mesmo que não saiba o que isso é. E era precisamente por o não saberem, mas terem essa sensação, que os congueses habitantes da desembocadura do rio fabuloso foram logo dominados pelo sobrenatural, que consistia na aproximação daqueles veleiros lusitanos.*
– *Não vejo em que medida é que a aproximação dum qualquer barco tem algo de sobrenatural.*
– *Então repara bem: a primeira coisa que de terra se vê, quando um barco se aproxima, não é o barco, mas sim o topo dos mastros, sem qualquer barco à vista, ou não é assim? Depois aparece ou começa a aparecer, de cima para baixo, o velame do navio, e só mais tarde, já o barco bem perto, se inicia a visão do mesmo, de tal modo que este parece surgir das profundidades do oceano.*
– *Vistas as coisas deste modo, concordo!*
– *Pois tens mesmo de concordar. E o melhor ainda estou para te contar: quando o barco já está bastante próximo, começam a surgir de dentro dele, ou seja, do fundo do ocea-*

no para a superfície, uma data de indivíduos de cor lívida e rosto barbado, todos envolvidos em panos e couros, nada se vendo de seus corpos para além das pálidas carantonhas, mais se parecendo com seres mortos que do profundo mar retornam à vida terrestre. Junta a tudo isto um linguajar ininteligível e o facto inusitado de aqueles seres não terem pés, mas sim em seu lugar uns esquisitos aparelhos terminais de suas pernas, que no fundo não eram mais do que as botas que então esses estranhos seres usavam, mas que não eram habituais indumentárias dos congueses, e tens um quadro perfeito do irreal que representavam aqueles esquisitos seres a emergirem do fundo do mar. Acresce a isto tudo o extraordinário e desagradável cheiro a podre e ácido que os próprios exalavam, pois, ao invés dos habitantes das margens do rio, tomar banho não fazia parte do quotidiano daqueles senhores todos camuflados que por ali aportaram.

– E achas que os congueses tomaram aqueles seres como sobrenaturais?

– E tu o que é que achas? Achas que aquela rapaziada, na praia, se pôs aos pulos e aos gritos de "Fomos descobertos! Fomos descobertos!"? Claro que aqueles seres não eram assim muito naturais. E a cena, essa sim, era bastante surrealista! Mas à medida que estas cenas se foram repetindo, foram-se seguramente habituando. Creio que

na segunda viagem de Diogo Cão os efeitos da surpresa e do desconhecimento já só existiam para os novatos nesse tipo de cena.

É no regresso dessa segunda viagem que, a pedido do rei do Kongo, são embarcados nas naus de Diogo Cão os seus plenipotenciários e outros enviados, tendo sido proposta a sua educação na Corte.

Estes mensageiros e aderentes detiveram-se em Portugal por mais de dois anos, tempo que foi considerado o bastante para se dizer que "já desmentião a opinião de brutos, pois se encontravam capazes do Bautismo".

— Tens alguma ideia daqueles primeiros jovens que foram levados para Portugal?
— Sei que foi assim, mas não tenho qualquer conhecimento de quem foram.
— Nem só de um ou dois, pelo menos? Pois deixa-me então dizer-te que um deles, o Caçuta, filho de um outro alto dignitário conguês, foi batizado com o nome de D. João da Silva, tendo sido seus padrinhos ninguém menos do que a própria rainha de Portugal, Dona Leonor, esposa de D.

João II, e Aires da Silva, camareiro-mor do rei, e de quem tomou o nome.

Enquanto o futuro bispo, seu primo Pedro e os restantes companheiros iam recebendo os ensinamentos da nova fé, Maria da Graça foi tratando da sua roupa, sendo sempre motivo de conversa na cozinha a extraordinária curiosidade do pessoal feminino que, entre depenagem de galinhas e patos ou matança e limpeza de cerdos e fabricação de enchidos, lhe iam perguntando se já lhes tinha visto as partes e se eram realmente como se dizia "duas vezes a largura e três vezes o comprimento da dos nossos".

Não havendo relato (o que é muito habitual) de ter sido confirmada aquela versão popular, não menos verdade é que Maria da Graça foi ficando, com o tempo, cada vez mais curiosa.

– Sabes que, embora parecendo ela ingénua, as conversas de Maria da Graça com D. Henrique centravam-se quase sempre em perguntas sobre como eram as coisas entre homens e mulheres lá na terra de onde ele vinha? Se se casavam, se se juntavam só, se cada homem tinha várias mulheres, se viviam todos juntos na mesma casa?

– *E D. Henrique alimentava essas conversas?*

– *Explicava que os jovens, rapazes e raparigas, eram submetidos a processos de transmissão de conhecimentos sobre os usos e costumes da comunidade e que lhes eram explicados os comportamentos a ter depois de terminada aquela formação, em que seriam já adultos e poderiam ter filhos.*

– *E chegou a aproximar-se das suas partes, como indagava o pessoal da cozinha?*

– *Tentou. Mas D. Henrique, como durante toda a sua vida o demonstrou, levava a Verdade a sério e, sempre desconversando, foi-se esquivando àquelas tentações do demónio, e Maria da Graça acabou por desistir.*

Já seu primo D. Pedro, fazendo jus à natureza que tantas linhagens tinha trazido à luz naquelas terras a norte e a sul do Rio Poderoso, não resistiu à tentação da carne – sempre fraca, como se sabe, embora saborosa – e ambos se elevaram para outras alturas, tratando desta vez D. Pedro da roupa de Maria da Graça, o que, à medida que lha foi tirando, foi desvendando uma pele nunca dantes navegada, cuja tonalidade, comparada com a dele, era como do dia para a noite. Mas, só de ver! Porque, de tocar e apalpar, era tão fresca e sensível como qualquer outra!

À medida que se despiam mutuamente foram ambos descobrindo as maravilhas um do outro. O que de início mais despertou a curiosidade de Maria da Graça foi um magnífico medalhão que D. Pedro trazia ao pescoço.

Tratava-se de um medalhão circular, feito de marfim, com relevos de animais e cenas da vida das terras do seu portador.

A curiosidade e o ânimo de Maria da Graça depressa se viraram para outros objetos que agora sentia lhe pressionavam a púbis. Com um gesto imperceptível, mas natural e pragmático, colocou-se Maria da Graça em tal posição que, antes que pudesse respirar três vezes, o objeto de sua curiosidade e desejo se foi introduzindo nela, não sem esforço, seja pela sua magnitude, seja pela exiguidade do local assaltado. Para desespero de suas colegas de cozinha, tal esclarecimento não consta ter sido relatado alguma vez por Maria da Graça, que, sendo inexperiente e virgem nessas coisas, não possuía padrões de aferimento de tais pesos e medidas.

Foi com redobrada curiosidade que a jovem, passado aquele momento de indescritível satisfação, verificou que aquele medalhão que pendia do pescoço do homem que se deitava sobre ela se vinha colocar ao de leve por entre os seus seios viçosos, formando um terceiro medalhão, ao centro dos outros dois que ornavam seus mamilos.

D. Pedro retirou-o do seu pescoço, onde se achava dependurado por um cordão entrançado, feito de pelos grossos de cauda de elefante, e aplicando um gesto de pressão ao centro do adorno, fê-lo separar-se em duas partes: a interior era composta de um círculo completo, com um pequeno orifício situado a um milímetro da sua periferia. A parte restante era constituída pelo anel que assim se formava ao ser retirado o círculo interior do medalhão. Ambas as partes estavam tão perfeitamente trabalhadas que se encaixavam com exatidão uma na outra e, assim estando, não permitiam que de relance rápido se adivinhasse como possível a sua separação.

O aprendiz da nova fé, sensibilizado com o semblante maravilhado com que Maria da Graça lhe observava o medalhão, voltou a juntar as duas partes que o compunham e colocou-o ao seu pescoço, dizendo-lhe que, quando o destino os afastasse, ela ficaria para sempre com a sua recordação, através daquele talismã que lhe havia sido dado por sua mãe, que o recebera de seu avô Nzinga-a-Nkuvu, D. João I para os portugueses, e que era também o avô de D. Henrique.

D. Pedro pediu a Maria da Graça que nunca se libertasse do seu adorno e que o transmitisse ao seu filho ou filha de sua predileção, recomendando a este ou esta que assim também o fizesse, para que, pelas gerações vindouras, se fosse perpetuando aquele laço íntimo que hoje e ali tivera início.

– Se não te interrompi antes é porque de certo modo me embalaste com esse teu relato fantástico e sempre queria ver onde irias chegar.

– O que queres dizer com isso de relato fantástico? Qual é o problema?

– O problema é esse mesmo e que já por várias vezes te tenho dito que separa a nossa maneira de ver as coisas. Eu, que também vivi muitas cenas dessa época, não me apercebi de nada disso que estiveste para aí a relatar...

– E achas que, pelo facto de teres lá estado, testemunhando um ou outro episódio, tens a qualidade de juiz omnipresente da totalidade dos factos? Não foste o único que lá esteve, e cada um de vocês não viu mais do que um

palmo em frente do respetivo nariz e seria capaz de jurar que isso que viu ou viveu é a verdade histórica total. O que nos diferencia, no fundo, é que tu viveste essa época e outras intercaladas, enquanto eu vivi continuadamente nessa época, na anterior e viverei em todas as épocas futuras. Eu posso não me deter em cada episódio na sua total especificidade e detalhe, mas se o quiser, faço, pois todos eles passaram por mim, e eu por eles, e a qualquer momento posso revivê-los, visto que tudo o que se passa é Tempo e se o que acontece é que faz o tempo, então quer aquilo a que chamamos tempo quer os acontecimentos são indissociáveis. Eu próprio sou a dimensão do que muda e deste modo me confundo com a história, o que me dá vantagem sobre ti quanto ao conhecimento de factos e situações. Uma coisa são os relatos, outra o que realmente aconteceu.

– Como é que podes tu ter conhecimento exato dos acontecimentos se vês as coisas por cima e não te intrometes em cada um dos factos? Só inventando...

– Eu não invento nada! Sou eu quem constrói a veracidade. Tu estavas presente quando D. Pedro se aconchegou à Maria da Graça? Alguém presenciou essa cena? E houve algum relato, para além das especulações na cozinha do convento? Só existe aquilo que vocês veem? Claro que não! Eles não tinham qualquer testemunha como companhia, a tal que, como tu, só relata os factos por si vividos, os

episódios, como vós dizeis. Mas eu, o Tempo, estive antes, estava lá quando tudo aconteceu e estarei ainda quando tudo já estiver terminado para uns e continuar com outros. Assim é que se constrói a história, com a liberdade que nos damos de conhecer a essência das coisas, que é algo de muito diferente dessas mantas de retalhos que vós, os Episódios, nos pretendeis impingir, com o argumento de que estavam presentes quando se deram os acontecimentos. E estavam lá sozinhos? Não eram muitos a "ver" as mesmas coisas? E cada um não tem a pretensão de ter a verdade absoluta como sua? Ora deixa-te lá de esquisitices! Queres ouvir o resto ou repugna-te ter de aceitar que as poucas partes que conheces, somadas, não constituem a real essência dos factos?

– Não te irrites. Continua lá, sempre quero ver o que se segue.

– Então escuta com atenção, mas podes interromper sempre que quiseres, estamos de acordo?

Mais cedo do que se poderia prever ocorreu essa separação. Maria da Graça, como já referi, tão logo foi detetada a gravidez, seguiu o destino que já sabemos, foi enviada para o Alentejo. Quanto a D. Pedro, terminada a aprendizagem da fé e logo que D. Henrique foi elevado a bispo, retornou à terra natal, onde muita coisa se modificara desde que fora enviado para as terras lusas.

Por sua vez, os filhos, assim como tinham nascido, assim cresceram: em tudo diferentes, nada neles indicavam que fossem gémeos ou mesmo irmãos.

Vagá, aos dezasseis anos, era um colosso dum homenzarrão. Com uma porretada derrubava um boi. Ao borrego arrumava-o com o cutelo da mão. Desbravava uma mata enquanto o galo dava laudas ao amanhecer.

Gavá, por essa altura, tornara-se um rato de biblioteca. Continuava franzino, mas já não tanto, e sempre descolorido por falta de sol e vitamina D, mostrava-se um exímio manipulador de alfarrábios, dominando com perfeição o latim e o grego e tendo vastos conhecimentos da língua árabe. Infelizmente não conhecia nem uma palavra de kikongo, pois a paternidade, da qual havia sido retirado sem sequer a conhecer, e a via genética desde então e até hoje não transmitem a linguagem, que é uma capacidade a ser adquirida e não favas contadas, como há quem o pretenda.

Quis o destino que Gavá, ainda antes de completar dezoito anos, fosse integrado numa comitiva de prelados, comerciantes e artesãos, enviada para o reino do Kongo, a pedido real. Maria da Graça não resistiu à tentação de lhe contar que regressava às origens paternas, mas não foi tão longe que lhe confiasse o segredo da sua paternidade.

Em sinal de afeto e já na despedida, Maria da Graça retirou do seu pescoço o medalhão conguês e, tal como outrora D. Pedro, fê-lo separar em dois. Desentrançando o cordão que o sustinha, deste fez dois. Colocou ao pescoço do seu outrora franzino rebento o disco central do talismã, ficando ela própria com o anel, que – ela bem o sabia – seria destinado ao Vagá.

É deste modo que Gavá, Gama de Vasco de seu nome, mulato alentejano, cultivado nos usos e costumes daquelas terras, veio a conhecer as paragens conguesas, terra de parte dos seus antepassados. Viria então a aprender não só a língua e os costumes locais como – adubado com os dois estrumes – a compreender muitas coisas e a duvidar das restantes.

Por outro lado, o seu gémeo, o Vagá, quando perfez 20 anos de idade, começou a sentir-se apertado naquele território sob propriedade e autoridade do convento e desejou conhecer outras paragens. Sem muitas delongas, arrumou as suas bikwatas, que cabiam num pequeno saco, e lá se foi em direção ao sul. Na hora da despedida, sua mãe Maria da Graça, que tinha por Vagá uma preferência derivada do maior convívio que com este filho tinha, colocou-lhe ao pescoço o anel do medalhão que com ela tinha permanecido ao longo dos últimos vinte anos, recomendando-lhe que dele se não separasse a não ser para o transmitir ao filho seu que ele para tal escolhesse.

Há vagas referências de que Vagá se teria fixado em Lagos, no extremo Sul de Portugal, onde prestava serviços de tarefeiro em diversas propriedades agrícolas da região. Consta que, durante um certo tempo, se juntou a um grupo de saltimbancos que exibia as suas diversas habilidades de forma itinerante, em diversas praças públicas: Vagá dobrava um varão de ferro só com a força das mãos, levantava sob cada um dos braços uma pipa de cem litros de vinho e fazia disputas no jogo de puxar a corda, no qual ele sozinho dum lado fazia frente a mais de dez homens, que arrastava sem maiores dificuldades.

O empresário, dono e senhor daquela tropa ambulante era somente conhecido por Ahmed, um verdadeiro magrebino da região de Ceuta, que tinha agrupado sob seu comando uma multinacional plêiade de artistas que, de feira em feira e de praça em praça, iam mostrando as suas habilidades e deleitando os pacatos cidadãos.

De entre aqueles artistas destacava-se Leila, uma contorcionista de elevada qualidade e de grande beleza, e que tinha sido dada de presente a Ahmed por troca de dois camelos machões ofertados ao caïd de Tânger, que detinha um vasto harém de escravas e um curral de camelos fêmeas significativo, mas que, na circunstância, se achava um pouco desfalcado de dromedários reprodutores.

À sofreguidão de Vagá respondia Leila com seus movimentos esguios, de tal modo que quando ele a tentou enlaçar pela cintura, já ela se tinha serpenteado pelas suas mãos abaixo, passando por debaixo de suas pernas e colocando-se por detrás dele. Este teria seguramente esgotado a sua paciência e cautelas para não aleijar aquele ser tão delicado, mas a jovem, ao aperceber-se do perigo que corria ao fazer a corda esticar por demais, foi-se deixando de viscosidades fugitivas e, tendo enlaçado o pescoço do seu companheiro com seus braços de liana, ao mesmo tempo que suas pernas invertebradas se colocavam em torno de sua cintura, num movimento de perfeita conjunção, deslizou suavemente e deixou-se penetrar, gozando ambos aqueles momentos inesquecíveis, que não tiveram direito a qualquer relato, crónica ou mesmo anotação de fim de página, mas que hoje e aqui – mais vale tarde do que nunca – são repostos com toda a sua dignidade e importância.

– Sempre pensei que fosses protestar, mas pelo que vejo, não "viveste" este episódio...
– Não é bem isso! É que tu embalas duma maneira que fico enrolado no relato e nem me dás tempo para duvidar disso tudo que estás para aí a inventar.
– Eu não invento nada, já te disse. Eu arrumo os factos. Enfim, vamos em frente.

É que daquele enlace, ou de outros supervenientes – este detalhe é de somenos importância – viria a nascer, a 14 de janeiro de 1551, um dos mais originais homens do século XVI: deram-lhe o nome de Gamahl, o primeiro luso-conguês-marroquino – espécie única do género humano – que (e eu sou testemunha disso) nunca estivera nos planos do Criador, pois que Este, como se sabe, de Adão e Eva não passou.

Vagá veio a falecer no início de 1578, ano em que D. Sebastião, embora um miúdo desajeitado, então o rei de Portugal, decidiu organizar uma surpreendente expedição contra os povos do Norte de África ali bem próximo. Tendo decidido criar a imprescindível força expedicionária, precisou para tal de arregimentar todos quantos, possuídos de alguma valia, o pudessem ajudar a levar a bom termo esse seu desejo.

É assim que Gamahl, aos 27 anos, na força da idade e na plenitude da força que herdara do pai, apresentando ainda a vantagem de "haver língua" da que se falava entre os infiéis e que aprendera no convívio com sua mãe Leila, foi logo considerado como elemento destacado, para o que foi enquadrado na guarda pessoal do rei.

Armado cavaleiro e levando ao pescoço o anel do medalhão transmitido por seu pai, no seu leito de morte, foi nessa qualidade que no verão daquele ano desembarcou com o desorganizado e fraco exército real em Arzila, no Norte de África, logo tendo-se metido em direção a sul.

Perto de Al-Ksar-al-Kebir as forças portuguesas, que eram compostas de muitos guerreiros apeados e de poucos cavaleiros, entre os quais se encontrava Gamahl, dizem os relatos que foram completamente desbaratadas pelas tropas do sultão Mulay Abd al-Malik, que só em cavaleiros ultrapassavam de longe a totalidade do contingente português.

Quando se diz que foram completamente desbaratados é certamente mais um exagero e imprecisão histórica, dado que os relatores da época, de qualquer época aliás, são peritos em introduzir apreciações adjetivas, para eles inofensivas na altura, mas que mais tarde é um ver se te avias para nos desembaraçarmos delas. Mas cerca de metade "foram à vida" naquele dia.

O que eu pude presenciar e que aqui relato com alguma seriedade é que, quando o rei – vendo-se colocado numa situação sem saída – tentou o salto para a frente (tão ao gosto dos políticos encurralados) e se embrenhou no nevoeiro, do qual – assim nos é dito – não voltou a ser visto, Gamahl, que o acompanhava de perto, acelerou o seu cavalo e, a coberto do que dizem ser nevoeiro, mas que se tratava de facto da enorme nuvem de poeira que aqueles milhares de cavalos a galope levantavam na sua progressão, desfez-se tão rapidamente como pôde das suas vestes cristãs, fez meia volta à sua montada e, agora vestido com os trajes norte-africanos que por baixo trazia, valorizado por sua tez mesclada, avançou sobre o exército invasor, tendo deste modo se transformado num covencedor daquela batalha que, para além de lhe ter mantido a vida, lhe rendeu ainda variadíssimos despojos e troféus com que carregou duas mulas e foram a base de partida para o florescente negócio de comerciante ambulante que então iniciou.

Trocando e vendendo isto por aquilo e, não raras vezes, voltando a adquirir o que antes havia vendido, tudo com um senso de maximização do lucro em cada transação, Gamahl integrou-se num grupo que foi sempre em direção ao sul, até que chegaram às margens do rio Senegal.

Ali chegados foram inospitamente recebidos por uma pequena caravana de povos berberes que consigo levavam alguns escravos que destinavam a venda no porto e feitoria de S. Jorge da Mina, junto ao Atlântico.

Não havendo outra maneira de se conciliarem, travaram combates, dos quais não restou nem um berbere vivo, e apoderaram-se de suas coisas. De entre os escravos assim espoliados, escolheu Gamahl para si uma jovem tão jovem e tão bem-parecida que achou por bem tomá-la como sua protegida, retirando-a do lote dos outros escravos que entre si e os seus companheiros foram distribuídos.

Assim se dirigiram para a foz do rio, no que gastaram ainda duas luas.

Chegados ao mar, verificaram que grande era a azáfama ali reinante, com a venda de escravos e seu embarque para as distantes terras do novo mundo. Gamahl foi contratado para servir de controlador de um grupo de trezentas "peças" que deveriam ser embarcadas com destino às índias ocidentais. Assim o fez, na condição de consigo levar Senbeh, a jovem que adotara como sua mulher e que, nessa qualidade, tinha a condição de mulher livre e não escrava como as restantes. Vendeu as poucas "peças" que havia resgatado nos combates nas margens do Senegal e embarcou para o outro lado do Atlântico.

Como já era habitual falecer um terço dos escravos nestas travessias e como a carga tinha de pagar imposto ao rei de Portugal, era da praxe meter na carga mais um terço de escravos, estes últimos livres de impostos e taxas, o que hoje se designaria por *duty free*.

Eram pois quatrocentos homens e mulheres, na sua maioria boas "peças" entre os dezoito e os vinte e cinco anos de idade, que Gamahl tinha como missão levar a bom porto do outro lado do Atlântico.

À medida que foram navegando para Ocidente, muitos foram os corpos de defuntos lançados ao mar, devido à peste que entre eles grassava, agravada pelas condições desumanas em que eram transportados nos porões daquelas barcas.

Passados que eram já muitos dias desde que haviam partido, sucedeu que também Gamahl se viu enfermo, com diarreias e vómitos permanentes e que, apesar de todos os esforços de Senbeh, persistiam em ir definhando o seu companheiro.

Foi uma sorte terem arribado à primeira ilha com que depararam e que era a Ilha de Santiago, à qual aportara Cristóvão Colombo em 1494 e que mais tarde viria a ser conhecida como Jamaica.

Por insistência de Senbeh decidiram desembarcar ali mesmo, no intuito de encontrarem remédio que pudesse salvar o seu homem, pois eles eram um casal de gente livre e não escravos como os que tinham de chegar ao destino, com a contabilidade em dia, descontadas as baixas. Uma pequena comunidade do povo Arawak, que desde o século sétimo d. C. habitava aquela ilha, recebeu-os na sua aldeia de pescadores e com a água fresca que corria das zonas altas da ilha e algumas ervas de gosto bem amargo que eram piladas e das quais se fazia uma infusão intragável, em pouco tempo Gamahl se viu restituído à vida e se foi integrando, ele e Senbeh, naquela comunidade de hospitaleiros salvadores.

Os novos senhores daquela ilha eram os espanhóis, que ali se haviam instalado desde 1509 e que a mantinham como ponto de trânsito de escravos para o continente americano, já não muito distante. Alguns desses escravos conseguiram escapar ao cativeiro e refugiaram-se nas montanhas altas daquela ilha, criando um novo e próprio modo de vida, bem diferente do que encontravam nas planícies e florestas africanas de onde tinham sido trazidos, mas preservando a sua liberdade.

Senbeh e Gamahl, integrados como estavam naquela sua nova comunidade, não tinham que se preocupar com os ocupantes, cujos negócios eram outros e não colidiam com a existência dos povos autóctones.

Por ali ficaram e procriaram. Tiveram sete filhos, dos quais quatro varões. Ao primogénito e predileto de Senbeh quis esta que lhe fosse dado o nome de seu avô, tendo sido benzido pelo próprio pai com as águas límpidas do regato que vinha da montanha, com o nome de Mensah.

A este filho transmitiu Gamahl o seu medalhão, quando já depois da morte de Senbeh, ocorrida dez anos antes, também a sua vez chegou, na avançada idade de sessenta e cinco anos, naquele ano do Senhor de 1616. Idade extraordinária para a época atingiu aquele a quem, dado como morto, desembarcou naquela ilha havia mais de trinta anos. Fosse a pureza da Natureza, a vida simples que levavam ou os tratos de Senbeh, o milagre daquela inusitada longevidade havia ocorrido.

Mensah, que sempre tivera um espírito irrequieto e que, quando miúdo, se entretinha a colocar armadilhas para os pássaros endógenos daquela ilha, com especial realce para os colibris que, como ele dizia, "voavam parados", não quis – ao invés desses pássaros – ali permanecer em mansa existência, de tal modo que após a morte dos pais decidiu ir procurar aventura no continente, onde anos mais tarde se transformou numa espécie de capataz numa propriedade agrícola na Luisiana.

– Assim como tu relatas as coisas, a Jamaica era bem um paraíso...
– Mesmo tu sabes que isso de paraíso não existe. E também a ilha não era ainda a Jamaica...
– Mas tinha população própria para além dos escravos.
– Tinha mas não eram africanos e eram e continuaram a ser livres mesmo depois de os espanhóis terem ocupado parte dela. E havia também escravos que, fugindo ao cativeiro, viviam em comunidades livres nos territórios montanhosos inacessíveis aos invasores.
– O jovem Mensah bem que poderia ter ficado ali para sempre, mas decidiu ir meter-se na boca do lobo...
– Há sempre que fazer escolhas, optar pelos caminhos a seguir. Mas regressemos um pouco ao que te vinha contando.

D. Pedro, pouco depois da ordenação de seu primo D. Henrique como bispo, voltou ao reino do Kongo. A sua viagem, em barco de propriedade real portuguesa, demorou cerca de três meses. Antes de arribar ao Pinda, na embocadura do majestoso rio, aportaram na ilha de S. Tomé, que era a capitania que superintendia todos os negócios, seculares e temporais, que a coroa portuguesa mantinha com o reino africano.

Esta ilha havia-se tornado na placa giratória de tudo o que entrava ou saía para e do império conguês. Era chefiada por um capitão-mor, com mandato específico do rei de Portugal, mas, dadas as distâncias geográficas e mesmo de interesses, os capitães-mores faziam as políticas por eles consideradas mais interessantes e desfaziam as instruções régias a seu bel-prazer.

D. Pedro, no decurso da sua estadia em Portugal, e embora passasse uma boa parte do seu tempo em estudos e orações, confinado ao espaço do convento de Santo Elói onde "residiu por espaço de dez anos e ali aprendeu letras sagradas e bons costumes", tinha acompanhado o desenvolvimento e a integração de muitos de seus compatriotas e de escravos oriundos de outras partes de África, o que lhe proporcionava sentimentos assaz contraditórios. Grande era a diferença entre o que se dizia e lhe ensinavam sobre as coisas da nova religião e da bondade do seu Deus e a vida que ele sabia levarem os seus conterrâneos.

Eram utilizados como escravos pelos seus respetivos donos para todo o tipo de trabalho doméstico, para a limpeza da cidade, para o despejo noturno dos baldes contendo os excrementos diários produzidos pelos senhores e senhoras a quem serviam e, contra tudo o que se lhes pregava, as jovens escravas eram campo fértil em que as sementes dos seus proprietários iam germinando mulatos atrás de mulatas, pouco se fazendo para a salvação das almas, a não ser o formal batismo, pois em tudo o mais – como nos diz um latinista da altura – "não se distinguindo a escrava duma besta de carga, senão pela figura".

Em algumas das poucas vezes que a clausura do convento o permitira e em outras que ele próprio se permitira, em deslocação por Lisboa, tivera D. Pedro a possibilidade de ver "uma grande quantidade de moços e negros pequenos, escravos filhos de escravos, a andarem de seirinhas, vendendo peixe e carne, pela cidade".

Ao passar pelo Terreiro observava com interesse os mais de cento e cinquenta homens negros que tinham por ofício descarregar trigo de barcas e de navios e naus. Era força de trabalho barata, por vezes alugada ou arrendada por seus donos para a execução de tarefas em proveito de quem delas necessitava, tendo-se mesmo criado uma expressão para os designar, "os negros de ganho".

Pelas ruas de Lisboa de então circulavam cerca de duas mil escravas africanas que "andavam ao pote, vendendo água, ou à canastra alimpando a çidade", para além dos muitos carregadores de carvão e de outros que "andão pela çidade cõ seus pinceis nas mãos, caiãndo".

E D. Pedro notava com um misto de angústia e satisfação que, "ao passo que os portugueses, por gravidade, andam sempre tristes e melancólicos, não usando rir nem comer nem beber com medo de que os vejam, os escravos mostram-se sempre alegres, não fazem senão rir, cantar e dançar e embriagar-se publicamente, em todas as praças", como escreveu um anónimo italiano, anos mais tarde, mas certamente em concordância com o que a D. Pedro era dado observar.

Ao deixar S. Tomé com destino às terras do Kongo, D. Henrique, o bispo, era um jovem prenhe de angústias que, embora o corroessem por dentro, nunca se transformaram em revolta. Naquela ilha, grande era a existência de escravos e de mercadorias obtidas a custo quase nulo na terra firme do continente e que se destinavam a ser transacionados com destino às terras do novo continente, para o Brasil e as Caraíbas.

Se o objetivo da vida que lhe haviam ensinado no convento era a salvação das almas, por que razão era preciso carregar para tão longe e distintas paragens os corpos daquelas almas? A salvação das almas pela destruição dos corpos eram factos demasiado complexos para a mente do prelado. Talvez porque tivesse sido desenraizado ainda muito jovem e o tempo de aculturação ainda não fosse o bastante. De qualquer modo não há registos de quaisquer atitudes ou atividades de D. Henrique em prol da organização eclesiástica no reino do Mani Kongo.

– *Posso interromper?*
– *Podes sempre, já to disse. O que é que desta vez não está conforme as tuas expectativas?*
– *Não. Não há nada de mal, pois eu também reparei que D. Henrique era assim uma "maria vai com as outras", não tendo tomado posição vigorosa ou mesmo só rigorosa*

em relação ao que ia vendo e vivendo. Só que, pelo que dizes, parece que todo o trabalho em Portugal era feito pelos escravos e que os próprios donos mais nada faziam do que ficar tristes e melancólicos.

– Mas não foi nada disso que eu estive a relatar. Quem assim viu as coisas não fui eu, foi D. Pedro. No fundo, estivemos a ver as coisas como tu gostas que elas sejam vistas: parcelarmente, localizadas no espaço e de curta duração. Vejo com agrado que afinal nem tu próprio te satisfazes com tão pouco.

– Essa é boa! Queres dizer que tu falas para aí o que bem entendes, e depois os louros são para ti e os espinhos para mim?

– Está bem. Desculpa lá se pareci um pouco sectário. Vamos lá corrigir essa tua impressão. Tu lembras-te duma espécie de restaurante ao ar livre que havia ali pròs lados da Ribeira, junto ao Tejo, a que chamavam o Malcozinhado, onde os "trabalhadores braçais – brancos livres e escravos negros – comiam juntos nas barracas e bodegas sardinhas e outros peixes grelhados?" Era a camaradagem e solidariedade que só é possível existir ao nível dos deserdados. Tirando o facto de que os escravos nem sequer eram sujeitos jurídicos, não havia muita diferença no dia a dia daqueles trabalhadores, embarcadiços e barqueiros. E posso adiantar-te algo do futuro, pois nessa altura não o

poderias sequer adivinhar, é que o tal Malcozinhado viveu e ressuscitou do terramoto e se manteve ativo pelo século dezanove em diante, só vindo a ter paralelo em Luanda, nos finais do século vinte com o que ali se chamaria o mercado dos Trapalhões. Mas essas são outras conversas e este mercado tu também conheces. Vamos lá ao que interessa.

Sobre isto e muito mais coisas conversou D. Henrique com seu pai, o rei D. Afonso I.

Este queixou-se amargamente do comportamento dos enviados da coroa portuguesa e dos desacatos que por aquelas terras iam fazendo. Várias vezes havia escrito ao monarca português D. Manuel, denunciando o trato havido pelos seus súbditos com as suas gentes, mais interessados no comércio e no resgate de escravos do que no trabalho de construção de edificações em alvenaria, no cultivo e preparação do pão e no ensino de ofícios em que eram mestres e de que carecia o seu reino.

D. Afonso clamava que havia "necessidade mais do que de padres de algumas poucas pessoas para ensinarem nas escolas, nem mesmo de nenhumas mercadorias, somente vinho e farinha, para o Santo Sacramento". Também o comportamento dos padres que para ali tinham ido propagar a nova e verdadeira fé, mas entraram em dissidências ao receberem quatrocentos mancebos e moços que haviam sido entregues para que os educassem no espírito da nova fé. Passando a utilizá-los nos seus negócios mundanos, o que lhes proporcionava melhores e mais seguros lucros do que a salvação das almas, levando vidas dissolutas, enchendo "as casas de putas em tal maneira que o padre Fernandes emprenhou uma mulher em sua casa e pariu um mulato".

– *D. Henrique fora ordenado bispo, mas não tinha bispado.*
– *Como assim?*
– *Não sabes ou não te lembras? Eu conto: no ano de 1518, tinha D. Henrique vinte e dois anos e estudava a fé no convento de Santo Elói, quando foi – integrando uma embaixada de prelados – ter com o papa Leão X a Roma, sendo portador de uma carta do rei de Portugal D. Manuel I, em que este solicitava ao santo padre que fosse instituído um bispado em Mbanza Kongo e que fosse designado bispo D. Henrique, o filho do Mani Kongo. Foi o próprio D. Henrique quem leu, em latim, a carta de D. Manuel I.*
– *Mas não era jovem demais?*

– Bem visto! E era exatamente por essa razão que se tornava necessária a intervenção do papa. Este escreveu – em resposta a D. Manuel I – uma bula, datada de 3 de maio de 1518, em que declara a dispensa de idade a D. Henrique para que pudesse ser nomeado bispo. O papa tomou essa decisão fazendo notar que houvera forte oposição dos outros bispos mais velhos da cúria romana e que D. Henrique teria de fazer 26 anos antes que pudesse ser sagrado bispo de Útica e assumir a função de bispo auxiliar do Funchal.

– E queres uma curiosidade para enriqueceres o teu acervo de episódios?

– Mal não fará, de certeza...

– O papa, nessa bula, designa D. Henrique como filho do rei do Kongo D. João I, que de facto não era seu pai, mas sim o seu avô. A infalibilidade do papa tinha limites terrenos!

Bispo de Útica! Onde ficava Útica?

O que se sabe é que fora fundada pelos navegadores fenícios, tendo sido mais tarde designada Cartago, e que hoje constitui um bairro periférico de Túnis, a capital da Tunísia. O reino do Kongo era comandado, quanto aos assuntos religiosos, por bispo nomeado por Portugal e residente em S. Tomé, de onde superintendia os negócios da fé.

O INCESTO REAL

Pese embora a boa vontade do papa Leão X, e todos os argumentos despendidos de que o reino do Kongo constituía – sob a regência de D. Afonso I – um bastião do cristianismo, só em 1596 foi instituído o Bispado de Mbanza Kongo, por deliberação do então papa Clemente VIII, sessenta e cinco anos após a morte de D. Henrique.

Se, no que respeita à estrutura hierárquica da religião, tais problemas se puseram, já a posição de D. Henrique no reino era mais clara e de mais fácil entendimento: como filho do rei, foi por este designado como o senhor da província de Pango, por onde andou até cerca de 1531, quando – de espírito e carne corroídos por aqueles agrestes tempos – veio a falecer em Mbanza Kongo.

Dava dó ver D. Henrique, bispo de Útica, enfraquecido, deitado sobre a esteira, as febres intermitentes toldando-lhe a alma e o pensamento:

"Desde que meu pai me mandou chamar para junto de si, necessitado que andava de conselho e perturbado também com os destinos do reino, que a minha saúde se tem vindo a deteriorar de forma preocupante, de tal modo que me parece estar chegando ao limite de minhas forças. E não são somente as altas temperaturas de que ultimamente me queixo. Sinto que o meu espírito anda inquieto, não consigo manter a disciplina que me foi inculcada no convento, em Portugal, e introduzem-se por vezes dúvidas no meu raciocínio, quanto ao que me foi dado andar a fazer por estas terras.

Meu pai, pelo contrário, parece continuar com uma saúde de ferro e sempre atento ao desenvolvimento de tudo o que acontece com as gentes do seu reino. Nunca vacila nem aparenta quaisquer dúvidas sobre a religião que abraçou, mas anda preocupado com a distância que medeia entre a pregação da nova doutrina levada a cabo pelos portugueses e por nós próprios, os que para tal foram ordenados, e as práticas quotidianas desses pregadores. Mas o que mais o apoquenta são os mandos e desmandos dos comerciantes e angariadores de escravos.

Desde que, em 1491, recebeu o santo batismo e mudou o seu nome de Mvemba-a-Nzinga para o nome cristão de D. Afonso I, meu pai tem sido incansável na difusão da religião cristã. Assumindo, sem vacilações, todos os conflitos daí decorrentes com o nosso sistema tradicional, a nossa organização familiar e os mitos e conceitos sobre o mundo e o nele estar. De tanto insistir na lenda, esta de certo modo vai-se transformando em verdade absoluta. Continua, hoje como dantes, a fazer assentar a sua tomada do poder em 1509, o qual lhe era disputado por meu tio Mpangu-a-Nzinga, no milagre de S. Tiago, que com sua espada de fogo o teria ajudado a desbaratar os adversários. Esta lenda nem sequer é original, mas tão-somente a transcrição local do mesmo mito já implantado em Portugal e de onde foi importado. Mas, para meu pai, está tudo certo. O seu processo interno de alienação de si próprio foi realizado com êxito. Tem à sua volta uma corte de privilegiados, completamente subordinados aos interesses dos portugueses que vão esvaziando o reino dos seus filhos, enviando milhares e milhares de nossos irmãos para terras tão estranhas e distantes, donde nunca houve regresso. Não sei o que o tempo ainda trará a estas terras. Eu já não verei esses tempos..."

Quem não teve muito tempo para apreciar no que se ia transformando o reino do Kongo foi D. Pedro.

Como ele já tinha estado em Roma ao tempo da ordenação de seu primo, pouco tempo depois de chegado à terra foi integrado numa delegação que o rei enviava a Roma, para esclarecer o santo padre do bem e dos males que assolavam aquelas margens, assim como para reiterarem o propósito real de levar avante a difusão da nova fé, custasse o que custasse. Veio, deste modo, D. Pedro a falecer em S. Tomé, tanto de doença da época como pela situação de evidente cativeiro em que a embaixada ao papa se encontrava por decisão das autoridades de S. Tomé. D. Pedro nunca voltou a Roma.

Quando Gavá chegou ao reino do Kongo, naquele longínquo ano de 1536, já seu pai havia falecido em S. Tomé, mas ainda reinava o cognominado D. Afonso I, que, sem que ambos o soubessem, era seu tio-avô, e que havia sobrevivido a três reis dos portugueses.

Mulato, educado em convento português, conhecedor de línguas estranhas e familiarizado com as artes e artimanhas dos conquistadores, prelados ou não, Gavá rapidamente se foi integrando naquelas três sociedades que ali se iam paulatinamente formando: a tradicional, que ia sendo devastada pelos angariadores de escravos e fazedores de guerras com esse objetivo; essa mesma de salvadores de almas e de destruidores de corpos; e a da corte real, prenhe de intrigas e equilíbrios precários, como o futuro se encarregará de demonstrar.

Gavá foi tomando conhecimento dos negócios do rei, muito em especial pela relação estreita que criou com a sua primeira mulher, que – ela própria e por necessidade – havia inventado uma forma de contabilidade original, que lhe permitia ter a escrita dos bens reais mais ou menos em dia.

Várias vezes foi também chamado a ajudar a redigir em português algumas das longas cartas que o rei do Kongo enviava a seu homólogo português, assim como com destino ao santo papa, e que nessa altura tinham por escrivão D. João Teixeira, homem da terra e de confiança do rei.

Através dessas cartas, Gavá foi-se inteirando das relações dúbias que se haviam estabelecido entre o mundo exterior e o Mani Kongo, que, embora não acatando o princípio religioso da monogamia, por tal exigência lhe parecer desproporcionada ao objetivo de salvação de sua alma, era pessoa de pensamento e palavra de honra únicos, o que contrastava com as manobras e interesses hegemónicos da coroa portuguesa e da sua hierarquia religiosa.

Aos 21 de fevereiro de 1532, em carta dirigida ao "Santíssimo e muito aventurado padre e Senhor Paulo III, pela misericórdia de Deus Sumo Pontífice da santa madre Igreja", informava o rei do Kongo de sua intenção de enviar à Santa Sé uma sua delegação de alto nível para, perante ele e a Igreja prestarem a obediência que é devida aos outros reis e príncipes cristãos.

Anos mais tarde, já em 12 de fevereiro de 1539, D. Afonso, por graça de Deus "Rei do Congo e Ibumgu Cacongo e Agoyo, daquem e dalém Zaire, Senhor dos Ambundus de Angola da Quissama e Musuauro e de Matamba e de Mulylu e de Musuco e dos Anzicos e da conquista de Panzo Alambo", etc., etc., numa longa e fundamentada carta, credenciava seus embaixadores e procuradores para prestarem obediência ao papa Paulo III, embaixada essa que era chefiada por um seu irmão denominado D. Manuel.

Dessa mesma carta e intenção foi também dado conhecimento ao seu homólogo real português D. João III, em carta datada de 25 de março de 1539.

Mais de um ano depois, em 12 de julho de 1540, o chefe de tão augusta delegação, D. Manuel, queixava--se em missiva dirigida ao rei português que já lhe havia escrito cinco ou seis cartas, beijando-lhe as mãos para que lhe mandasse uma caravela bem armada que o levasse dali onde se encontrava, a ilha de S. Tomé, pois como afirmava "sou muito medroso dos franceses pelo amor das novas que recebi de meu sobrinho, D. Sebastião, que os franceses tomaram quando foi Pedro de Mendonça para Portugal". E informava o soberano lusitano de que "el-rei do Kongo, seu muito amado irmão, me mandou por Vossa Alteza que me mandasse a Roma".

Só passados muitos anos o embaixador do reino do Kongo D. António Manuel, Nvunda de seu nome e "Negrita" de sua alcunha, haveria de chegar a Roma, onde foi recebido pelo papa Paulo V. Faleceu, quatro anos depois, em 5 de janeiro de 1608 e os seus restos mortais podem ser encontrados naquela cidade em túmulo existente na capela Xisto V da Basílica de Santa Maria Maggiore.

Gavá sabia muito bem que todos aqueles títulos e feitos com que o suserano conguês engalanava a sua figura não correspondiam exatamente ao controlo que na realidade tinha sobre tantos e tão vastos vassalos e territórios. Eram mais uma figura de retórica imitativa da mesma presunção com que os sucessivos reis portugueses se ornavam ao iniciar as suas próprias missivas.

Gavá estava absolutamente consciente de que a demorada estadia de tão ilustre delegação em terras de S. Tomé não era devida nem ao acaso nem à carência de transporte para a Europa, mas tão-somente fazia parte da estratégia de Portugal no que concerne às relações diretas que o rei do Kongo pretendia ter com a Santa Madre Igreja. Aquelas pretensões de independência pareciam descabidas ao monarca luso, já que ele próprio e as suas instituições religiosas poderiam muito bem dar conta do recado, como desde o início haviam feito, em prol da verdadeira e santa fé.

As veleidades do rei do Kongo já por mais de uma vez haviam indisposto o anterior rei português, D. Manuel, como foi o caso quando aquele pretendia ter para si e seu governo um navio, queixando-se de não saber "a causa porque Vossa Alteza o não quer consentir porque não o desejo para outra coisa que somente por me parecer que mais inteiramente poderei com ele ser provido das coisas que cumprem para o serviço de Deus...".

Resposta mesmo só a recebeu já em finais de 1529 por parte do rei D. João III e nestes termos: "Mandais-me mais pedir navio, de que muito me espanto, pois os meus são vossos..." E explicava muito pormenorizadamente ao "seu irmão" que os navios dão mais despesas que ganhos, que os navios seus e de seus antecessores não são nem para guardar nem adquirir riquezas e que são os navegantes que ganham e não os reis, bem ao estilo dum futuro governante português que, mais de quatrocentos anos depois, diria "se soubésseis quanto custa mandar, preferiríeis obedecer toda a vida".

Também em relação ao tráfico de escravos as coisas não eram compreendidas de forma igual, divergindo mesmo tanto quanto as latitudes que separavam aqueles dois reinos.

D. Afonso dizia, em suas cartas, que não queria que no seu reino houvesse mais resgate de escravos, isto porque se despovoava a sua terra.

Já D. João III, rei de Portugal, respondia que, "pelo que me dizem, a vossa terra é de tamanha grandeza e, pelo modo como é povoada, parece que nunca dela saiu um escravo e também me dizem que os mandais comprar fora e que os casais e fazeis cristãos". E insistia que, se esse era o desejo de seu respeitado irmão, então também seria esse o seu desejo e somente "vos quero prover de farinha, e vinhos para as missas...Se bem vos parece, seja assim, porém a mim não me parece honra vossa nem de vosso reino, porque mais de louvor é tirardes cada ano do Kongo dez mil escravos e dez mil manilhas e outros tantos dentes de marfim." E terminava dizendo "assim isto e mais seja como vós quiserdes."

Mas Gavá sabia muito bem que o que se fazia e desfazia no Kongo, tanto o resgate de escravos, as manilhas de cobre, os dentes de elefante e os "cornos de alicorne", tornados conhecidos por Cadamosto e que eram monopólio da coroa portuguesa, embora se tratasse de facto de cornos de rinoceronte, todas essas riquezas e tristezas foram paulatinamente esvaziando o reino do Kongo da sua estrutura original, em troca de bugigangas, farinha e vinho para a missa e "de três vestidos que nos enviastes".

Gavá tomou por sua mulher uma das muitas sobrinhas do rei, Nsoki de seu nome, e que batizaram com o nome horrível de Dona Urraca, vá-se lá saber porquê.

De Nsoki nasceram dez filhos, dos quais sete vingaram. À primogénita, a quem foi dado o nome de Nsimba, transmitiu Gavá o seu anel do medalhão, quando, já por volta de 1570, veio a falecer naquela mesma povoação do Soyo que o havia acolhido nos seus tempos de chegada ao reino.

Gavá e a sua família haviam-se transferido e assentado arraiais no Soyo que, para além de ser o porto e entreposto comercial mais importante daquela região, erigia a sua estrutura de poder com base no clã dominante do reino desde que os primeiros estrangeiros ali tinham aportado.

MAIS ESPIRAS

— É ESPANTOSO COMO PERDI O RASTO DESSA GENTE *quase toda!*

– Pois eu não! Poderia relatar-te, passo a passo, todos os caminhos e vidas por onde aquelas duas partes do medalhão conguês andaram e de pescoço em pescoço, com mais tristezas do que alegrias, foram passando de geração em geração.

– Eu só tenho conhecimento de alguns episódios, mas não consigo fazer a ligação entre os seus protagonistas. Daquele jovem, o Mensah, que foi da Jamaica para a Luisiana, o que é que foi feito? E os descendentes de Gavá, ainda estão ali pelo Soyo?

– Isso te pergunto eu! Tu dizes que viveste alguns episódios. Então conta lá um qualquer. Eu posso corrigir-te ou dar uma ou outra achega, mas talvez até nem seja bom para ti saberes mais do que te foi dado observar. Mas como é que podes saber se os tais episódios que viveste têm a ver com a nossa estória?

– É que, uma vez ou outra, aparece – sem eu saber bem como – uma parte do medalhão ao pescoço de indivíduos que, por acaso, tive oportunidade de conhecer. Uma dessas situações acontece, passados mais de trezentos anos sobre as estórias que vinhas contando, com um mulato norte-americano, uma espécie de secretário dum pastor da Igreja Batista, que esteve no Estado Livre do Congo, propriedade pessoal do rei Leopoldo da Bélgica, mas de quem não me recordo o nome...

– O pastor era também um negro norte-americano, de nome George Washington Williams. E o mulato era o Ralph Longleg. Lembras-te de como ele parecia desproporcionado com aquelas pernas de flamingo e o tronco atarracado em cima? E havias de ver o pai dele, o Joshua! Esse é que foi o original Longleg, nome que lhe foi dado pelo irlandês McAffee, seu pai biológico e dono duma das maiores plantações de algodão dos States do sul. Sucedera que o irlandês, um tanto enfastiado com o puritanismo de sua esposa e o pouco entusiasmo por esta demonstrado no leito conjugal, tinha por hábito fazer algumas escapadas sexuais por entre as escravas e serventes livres que habitavam e trabalhavam na plantação, do que resultou o nascimento de vários filhos, de entre os quais nos interessa aqui o pai do Ralph. Sua mãe deu-lhe o nome de Joshua e o irlandês, que não se aborrecendo por ver o seu sangue *espalhado, não admitia que ao seu nome acontecesse o mesmo, deu-lhe somente a alcunha de Longleg. A mãe do Joshua era uma descendente daquele jovem Mensah, que, vindo da Jamaica, séculos antes por ali tinha aparecido. De Joshua Longleg nasceu mais tarde o nosso Ralph, esse que encontraste no Congo. Uma filha desse McAffee e de sua legítima esposa – vendo bem, meia-irmã do Joshua e meia-tia do Ralph – tomou-se de simpatias pelo Longleg júnior, a quem deu o nome de Ralph, e foi graças a ela que ele se veio a tornar, mais tarde, uma espécie de assistente do pastor evangélico daquele comunidade.*

– Foi assim, então. Era o Ralph Longleg. Foi ele que, por volta de 1890, mais ano menos ano, andou ali pelo Congo, acompanhando a cruz do seu chefe, trazendo ao pescoço o medalhão...

– Que havia recebido de seu pai!

– O pastor George Washington Williams, que não via saída para os seus semelhantes oriundos de África e que naquelas paragens do sul dos Estados Unidos da América eram discriminados em todas as esferas da vida social, mesmo que a escravatura oficial já tivesse sido abolida e eles tivessem participado nas guerras civis, como ele não via saída para a comunidade, pensou no regresso às origens e com esse objetivo decidiu fazer uma viagem à Mãe-África para verificar a possibilidade de levar avante essa sua ideia.

— O que é interessante nas intenções desses tipos todos, desde os primeiros aventureiros que vieram salvar as almas dos outros até esses mesmos regressados ou que se pretendiam como tal, é que nunca perguntaram aos autóctones se estes estavam de acordo em ser salvos ou se estavam dispostos a dividir as suas vidas com esses novos libertadores e antigos primos. Basta ver o que aconteceu com aquilo a que eles chamaram de Libéria, quando decidiram fazer a viagem de regresso a África. Rapidamente se constituíram duas sociedades, a dos atrasados, que tiveram a sorte ou o azar de não terem sido levados como escravos para o outro lado do Atlântico, e a dos regressados, que se autointitularam de civilised people *e acharam por bem designar os outros de* country people.
— O pastor Williams e o nosso Longleg não conseguiram concretizar as suas iniciais intenções de regresso às origens. O tal Estado Livre do Congo era propriedade pessoal do rei Leopoldo II da Bélgica e era uma fonte inesgotável de borracha e marfim, cujo destino eram os cofres reais na Europa e não os States. E, se a falta de direitos cívicos lá nas Américas era um problemão para os negros e seus descendentes, mais ou menos coloridos, ali no Congo o problema não eram os direitos cívicos, mas sim o próprio direito à existência. A escravatura de longo curso, com o transporte sempre difícil, perigoso e com muitas perdas pelo

caminho, tivera o seu tempo e passara. Mais rentável era agora a escravatura local, em que cada um desses novos escravos, para além de ter de fornecer aos seus proprietários as quotas de borracha previamente estipuladas, tinha de se prover a si próprio com o seu sustento ou, quando tal não lhes era possível, a solução era a morte. É bem sabido que as florestas, onde abundam as árvores que dão o suco que depois chamam de borracha, não são pródigas em alimentos. Enfim, o nosso pastor viu tantos horrores que acabou por regressar às suas origens imediatas e deixou-se de planos relacionados com as origens mais longínquas. É mais ou menos isto o que me foi dado ver naquelas paragens do Estado Livre do Congo.

– Mas eu posso acrescentar mais qualquer coisa, como sempre. Se o Longleg não se tivesse deixado ficar senão pela margem direita do poderoso rio, mas nele tivesse mergulhado e deixado arrastar pela vigorosa corrente em direção ao mar, talvez tivesse feito uma paragem no Soyo. Aí poderia, se o acaso assim o decidisse, ter encontrado alguns dos seus parentes, e de certeza teria encontrado a outra parte do medalhão. Nunca, desde que Maria da Graça se desfizera do medalhão a favor de seus dois gémeos, as suas duas partes estiveram tão perto de se voltarem a unir. E, no entanto, estiveram longe, pois entre elas se interpunha a eterna e majestosa correnteza do Nzadi, o grande rio. Este,

sim, parecia imutável. De tudo o que ele vira acontecer com aqueles povos que, numa e noutra margem, dele se serviram ao longo dos séculos, guardara segredo só para si. Na margem norte vira como o pastor batista e o seu companheiro irlandês-berbere-maghrebino-luso-conguês se banhavam nas suas águas, num recanto calmo do lago Stanley, trazendo o Longleg, como única indumentária, o anel do medalhão de Vagá. Na outra margem, já perto da sua desembocadura, na pequena ilha do Kwanda que fica mesmo defronte à vila do Soyo, banhava-se também o medalhão de Gavá ao pescoço do pescador João Luvambu, que era o mais velho duma comunidade de três famílias que ali se haviam instalado há muitos anos e se dedicavam de forma artesanal à captura de algum pescado com que se iam sustentando. Sabes alguma coisa destes Luvambu?

– O nome não me é estranho...

– Queres que te conte algumas das graças e desgraças destes tempos mais modernos?

– Sabes que eu sempre sou todo ouvidos. E tu, como gostas de inventar...

– Lá estás tu com as tuas piadinhas. Mas curiosidade é que te não falta.

João Luvambu nunca conheceu outro lugar senão aquela sua minúscula aldeia, onde nascera havia já trinta anos.

Assim como já fora sina de seu falecido pai, logo que completou catorze anos de idade começou a ximbicar uma pequena jangada, feita de entrançados bordões, com a qual se deslocava junto às margens daqueles muitos braços do Nzadi, onde colocava não muito longas redes de emalhar nos locais que a pouco e pouco foi conhecendo, recolhendo no dia seguinte os desafortunados peixes que por ali tinham de passar e que constituíam a base de sustento das famílias que viviam em não mais de uma dúzia de cubatas, feitas de bordão, entrançado de mateba e teto de capim, recolhidos todos esses materiais ali mesmo nas margens. Quando havia excedente de pescado, o que só acontecia em determinadas épocas do ano, escalavam-no e punham-no a secar em pequenas tarimbas também estas construídas com o produto vegetal da natureza exuberante que os rodeava.

Possuíam deste modo algum valor de troca e era o que naturalmente faziam na vila do Soyo, pois nem só de peixe vive o homem e era preciso o sal, o óleo de palma e também algum vestuário e, o que constituía o seu maior problema, era preciso reparar e repor o material de pesca, redes e linhas, agulhas de remendar e mesmo alguns anzóis.

A escassos cem metros do círculo onde se encontravam implantadas as habitações tinham os seus antepassados escolhido o local onde eram enterrados os mortos. Era este o único arquivo de que João Luvambu dispunha para a história de seus antepassados mais recentes. Para além de seus pais e tios e tias, havia as duas campas principais de seus avós paternos que, segundo ele calculava, ali deveriam estar desde havia já pelo menos uns cem anos, para além de outras campas quase irreconhecíveis como tal e que datavam de outros séculos, desde o tempo em que Gavá ali assentara a sua vida.

– Não te estás a explicar bem! Quando o Longleg tomava banho no lago Stanley quem é que na ilha do Kwanda tinha o medalhão?

– Tu é que não prestas atenção ao que eu te digo! Era o João Luvambu e nessa altura já tinha trinta anos. Foi o que eu disse.

– Tu estavas a contar que ele tinha catorze...

– E teve catorze! Mas isso foi antes de ter trinta, como é óbvio. Volta lá atrás e relê o que eu estava a contar a ver se há algum problema. Sabes o que é um flashback? Pela tua cara vejo mesmo que nunca ouviste falar disso. Não! Não é nenhum descendente do Longleg! É assim como um recuo no tempo, do tempo presente. Mas não volto a fazer isso, caso contrário com essas tuas interrupções fico também eu descontinuado. Vamos prosseguir com o Luvambu João aos trinta anos, contemporâneo do Longleg que esteve a banhar-se no Zaire em 1890. Está claro?

João era o mais velho dos Luvambu e o único que acabou por ter duas esposas.

Os outros chefes de família eram dois irmãos seus mais novos, cada um deles com uma só esposa e todos eles com uma data de filhos. Quem nunca teve filhos foi a sua irmã, nascida logo depois dele, ou "que ele puxou" como se diz agora e que, tendo sido levada por seu marido para o Soyo, voltou depois para o seio da família original, exatamente por ser estéril. Outras três irmãs tinham deixado o seu pequeno clã, acompanhando os seus respetivos maridos.

Ao todo, e de todas as idades até ao limite da idade de João, vivia ali uma população de mais de cinquenta pessoas. Só o mais velho Luvambu João teve treze filhos e filhas. Sete de uma e seis da outra mulher. O mais velho de entre eles, nascido no ano em que Longleg se banhava no Nzadi e a quem deram o nome de Fernando. Assim como nascera assim também crescera: rebelde e sonhador, vivia apertado naquela pequena ilha, colocando as redes sem grande entusiasmo, passando a maior parte do tempo a apreciar os esguios caíques que, com suas enormes velas enfunadas e vindos do sul, entravam não sem dificuldade pela embocadura do rio e por ele acima se dirigiam para Boma ou Matadi, onde descarregavam precioso sal e peixe seco que haviam embarcado em Moçâmedes, lá no Sul de Angola.

Tanto sonhou Fernando com as aventuras que outros espaços certamente lhe proporcionariam que quando, no leito de morte, seu pai João lhe transmitiu o medalhão circular, relíquia da família, logo ali mesmo decidiu que não iria permanecer para sempre naquele lugar. E, se bem o pensou, melhor o fez, como dizem os estoriadores para crianças.

Uma de suas tias havia casado com um marinheiro do Soyo que era embarcadiço num palhabote que ligava regularmente as duas margens do grande rio. Imitando seu parente de há quatrocentos anos, o Vagá, quando se sentira fechado no estreito horizonte do convento alentejano, Fernando Luvambu, munido de apenas um saco quase vazio de pouca roupa e nenhuns apetrechos, mas com o cérebro prenhe de coisas desconhecidas mas certamente fabulosas, fez a travessia do rio em direção à pequena vilória de Banana, no ano do Senhor de 1915. Tinha ele então os seus vinte e cinco anos.

Com o engenho do marido de sua tia conseguiu o jovem Luvambu que o aceitassem como moço a bordo de um caíque de que era capitão um algarvio de nome José Gordo e que simpatizou com ele, em especial pela compleição física que demonstrava, em nada se parecendo com o seu antigo antepassado, o Gavá, que nascera minúsculo e franzino, antes parecia ter saído da linhagem de seu tataratio, Gamahl, quando este se fez à aventura do Norte de África.

Bons são os sonhos de aventura, maus são a maior parte das vezes os seus caminhos. Fernando não se conseguia habituar ao baloiço ritmado do caíque, face às ondas largas e contínuas que vinham do sudoeste, e quando uma vez foram surpreendidos por uma forte ventada vinda do norte e o barco, ainda que possante, mais parecia um joguete nas mãos da força atlântica em brutal desafio a tudo o que a perturbasse, decidiu Fernando pedir ao José Gordo que o deixasse ficar em terra, noutro trabalho, mas que o poupasse daquela violência e insegurança.

Fernando Luvambu assentou arraiais em Moçâmedes, onde ocupou o posto de chefe do grupo de estivadores, num armazém de sal e peixe seco, situado junto à praia, entre a ponte da S. O. S., Sociedade Oceânica do Sul, e a ponte do João Pereira, e de que era responsável um outro irmão Gordo, desta feita o Manel.

Este, de gordo só tinha o nome, pois era magro como um caniço. E tinha, além disso, uma particularidade espetacular: a sua face direita, devido ao nariz torto que lhe adornava o rosto e a um trejeito labial pouco habitual, era completamente diferente da sua face esquerda, pelo que era mais conhecido pela alcunha que os estivadores lhe impuseram: Cipala Vivari, o que não quer dizer senão duas caras. Para além desta característica física, tinha Manel Gordo hábitos alimentares pouco sofisticados: ao almoço comia-se em sua casa cachucho cozido com batatas e ao jantar eram batatas cozidas com cachucho. E não se utilizava azeite para o tempero. Conforme explicava Manel Gordo, se o cachucho estava gordo, não precisava de azeite, e se estivesse magro, então não o merecia.

Foi com ele que o nosso Luvambu aprendeu a fazer, mentalmente, contas de somar, que o mesmo é dizer de subtrair. Cem malas de corvina seca mais vinte e cinco do mesmo peixe eram cento e vinte e cinco. Mas não podia somar cem malas de corvina com setenta de cachucho, que o preço de venda não era o mesmo. Mantinha assim Fernando Luvambu, por falta de outra formação escolar, que a sua era nenhuma (o que comparado com os seus antecessores eclesiásticos era um manifesto retrocesso), o seu armazém bem dividido em secções: a da corvina, a do carapau, a que o Manel Gordo insistia em chamar de charro, a do pungo e a da chopa, que é peixe de cacimbo e, embora com o mesmo nome, nada tem a ver com a do rio que é parente de cacusso, sabe a lama e tem mais espinhas que outra coisa.

Para cada secção e em cada momento podia o Manel Gordo perguntar-lhe, que ele tinha sempre na ponta da língua a quantidade de malas de peixe seco ali existentes. E supervisionava também o seu carregamento, montando a fila de carregadores necessária e suficientemente longa para que, de balanço de braços em balanço, e lançando de cada vez uma mala de cerca de trinta quilos a uma distância de três metros, fizesse o peixe o percurso que o separava do armazém até à boca do palhabote, acostado à ponte do cais.

Enquanto os estivadores, que era pessoal que havia sido trazido, como contratado, dos planaltos da Huíla e do Huambo, viviam em barracão comum, tendo cada um para si somente um catre feito de aduelas de barris de vinho, com uma esteira como colchão e um cambriquito como coberta, Fernando vivia na sua própria cabana de pau a pique, e embora não o fosse, pois era oriundo de estranhas regiões, tinha quase o estatuto de quimbar, que é como se chamam os homens livres naquela pequena e agreste vila de Moçâmedes, comprimida entre duas imensidões, a do mar e a do deserto do Namibe, ambos possuidores de incalculáveis valores da sua fauna respetiva.

Um dos grandes problemas com que Fernando se confrontava, a necessidade apertando, era o de arranjar uma companheira com quem pudesse formar família. O meio em que vivia era de tal modo exíguo e de alguma forma fechado que os horizontes, nesse aspeto, eram como grades de prisão.

Naqueles anos iniciais do século vinte, a vila de Moçâmedes era não mais do que uma pequena urbanização, para sermos mais precisos, duas urbanizações: uma, a que chamavam a vila, situada na parte baixa e que se podia toda ela observar de cima do penedo onde construíram a fortaleza de S. Fernando, e que possuía apenas duas ruas, era a urbe do comércio e da administração que se estendia até ao chamado Forte de Santa Rita, e a sua população escassa era constituída por portugueses, uns oriundos de Portugal e outros vindos do Brasil, e por quimbares que, sendo povos não autóctones, mas provenientes de regiões interiores, ali se tinham vindo a fixar desde que os primeiros portugueses começaram a aportar naquela a que chamaram de Angra do Negro, para se abastecerem de água fresca, donde proveio o nome de um dos bairros da vila, o bairro da Aguada.

Do alto da Fortaleza de S. Fernando e estendido para sul era o deserto ou a serra, como também se chamava.

A urbanização que aí se estreitava entre o mar e o deserto era conhecida por Torre do Tombo. A origem do nome residia no facto de a falésia que aí se formava ser composta por rocha friável ou terra comprimida de origem calcária e argilosa, em cujas encostas tinham sido gravadas mensagens de muitos viajantes que ao longo dos anos por ali passaram. Era como que um arquivo documental com inscrições do género "Aqui esteve Gonçalo – 1895", inúmeros nomes e datas. Nas encostas da falésia tinham sido escavadas grutas, a que chamavam furnas, que serviam tanto de armazéns como mesmo de habitações. Mais tarde, em meados dos anos cinquenta, as pescarias e fábricas que por ali se encontravam foram deslocalizadas mais para sul para dar lugar ao porto comercial que ali fora decidido construir, o que fez desaparecer para sempre aquele acervo valioso de inscrições históricas.

Todos os habitantes viviam junto ao mar e dele viviam. Era esta a zona industrial daquela terreola. Pescarias de salga e seca de peixe, uma fábrica de conservas de atum, outra de farinha e óleo de peixe. E os pescadores, negros quimbares e angariados dos planaltos e brancos algarvios, todos vivendo do mar.

— *Viviam do mar, mas dum modo geral era uma grande miséria...*

— *Dum modo geral, sim. No entanto, como em todas as épocas, uns mais miseráveis que outros. Pensei que tivesses adormecido com a conversa, afinal parece que estás atento...*

— *Não. Não estou a dormir. Esses tempos mais recentes, dum modo ou de outro são-me mais familiares e interrompi-te porque me estava a lembrar dos muitos milhares de angariados do planalto, como tu lhes chamaste, que por ali passaram, completamente desenraizados do meio e que nunca se fixaram nem se tornaram quimbares, com casa própria, família e planos de vida.*

– Essa era a ideia. Não criar condições para que eles se fixassem. Renovando-os periodicamente, havia sempre gente fresca e evitavam-se os problemas do seu enquadramento na restrita sociedade que ali se desenvolvia. Nos primeiros tempos, o pessoal era praticamente rusgado nas suas aldeias de origem, com muita força ou com pouca e com a ajuda imposta aos sobas locais, e chegava a Moçâmedes após longas viagens de camião onde eram entregues à administração do Grémio da Pesca que, conforme o volume de solicitações recebidas dos empresários, os havia encomendado à administração do distrito. Inicialmente eram contratados por três anos, que depois passaram a dois e mais recentemente vinham só por um ano.

– Os tais empresários não gostaram muito dessa redução do período de contrato.

– Como dizia o Manel Gordo, quando começavam a perceber alguma coisa do trabalho que tinham para fazer iam-se embora e tudo recomeçava, sem grande evolução...

– Também por aquilo que lhes pagavam, não seria de esperar grandes rentabilidades.

– E o pior era aquilo que não lhes pagavam. O Manel Gordo, embora rude de corpo e alma, não entendia por que *razão haveria de pagar metade do salário mensal diretamente ao trabalhador e outra metade ao Grémio.*

– A administração dizia que aquela gente não sabia administrar o dinheiro. Que mal o recebia, gastava-o de imediato em vinho. Que ia fazendo deste modo economias e que a soma dos dinheiros acumulados era devida aos trabalhadores no fim do contrato e quando regressassem às suas terras de origem.

– A soma é que não era. Esta era entregue à administração, que descontava então o custo do transporte de ida e regresso e alimentação e vestuário e etc. e etc. Nem sempre havia saldo a favor do trabalhador.

– Mas com o Luvambu da nossa estória já não era assim.

– Não. Esse descendia de várias gerações de gente livre.

– Nos seus ascendentes nunca houve escravos...

– Não. Escravos não. Eles eram da linhagem real, não te esqueças.

Fernando Luvambu solicitou a Manel Gordo que lhe desse licença para se deslocar ao Soyo, em busca de mulher.

O algarvio, que bem sabia o que isso representava, tendo ele próprio deixado, durante anos a fio, a sua Maria nas distantes paragens da Fuzeta, no Sul de Portugal, só a tendo mandado buscar havia uns escassos três anos, não teve qualquer dificuldade na autorização, tendo mesmo encorajado o seu capataz, e municiou-o com cinco sacos de sal e vinte malas de peixe, pois, como ele próprio disse, "quem vai ao mar avia-se em terra".

Fernando Luvambu não necessitou de mais de dois meses para levar a cabo a sua inadiável missão, após o que regressou para a praia da Torre do Tombo em companhia de Beatriz, a quem tomara por esposa, depois de se ter bem informado de que não era sua parente, pelo menos havia já quatro gerações, pois que investigações mais longínquas não eram dos hábitos e costumes naquelas paragens.

Fernando iniciou a construção de uma casa maior, de adobe, já não na praia, mas no cimo da falésia, de onde podia avistar toda a baía, desde a ponta da praia das Conchas, a norte, até à ponta do Pau do Sul, que delimitavam e delimitam a baía.

O primeiro rebento do casal fora uma menina, a quem deram o nome de Inês. Esta, em 1939, já com dezassete anos, trabalhava como empregada de limpeza na única escola primária existente na Torre do Tombo. Sentada fora da sala de aulas, e graças à sua perspicácia e aguçado sentido de observação, foi acompanhando as lições e aprendendo as letras e os números, rompendo deste modo uma longa cadeia de analfabetismo que já durava havia vários séculos, desde os tempos dos netos de Gavá, o franzino.

Inês era uma jovem de grande beleza, cortejada por muitos rapazes e senhores daquela urbe. Mas só tinha olhos para o jovem sacristão, um mulato bonito que ajudava o padre da terra nas suas celebrações dominicais na igreja de Santo Adrião, que ficava perto da escola onde ela trabalhava.

Inês foi-se aproximando do rapaz, sob o pretexto de este lhe dar algumas explicações sobre as matérias que ia apanhando um pouco por alto através das janelas das salas de aulas. Olhar atraiu olhar, mão puxou mão, até que resolveram juntar-se.

Uma semana depois do nascimento do primeiro filho de Inês, no final de 1940, faleceu Fernando Luvambu. A sua doença havia-se prolongado durante vários meses e disseram que a causa da morte fora uma biliose, doença muito comum naqueles tempos em que a água doméstica era proveniente de cacimbas, os níveis de higiene eram sofríveis e ainda não se tinha descoberto a penicilina.

Antes de falecer, o avô Luvambu ainda teve tempo de dar um beijo na testa daquele seu primeiro neto e, colocando ao pescoço de sua filha o medalhão secular, pediu-lhe que desse ao seu rebento o nome de Nzadi, para que crescesse grande e forte como o rio.

Assim o batizaram, naquela mesma igreja onde seu pai, o ex-sacristão Roberto da Cunha, tinha ajudado o padre na celebração da missa. À criança foi dado o nome de Nzadi Luvambu da Cunha, por insistência de Inês sobre a permanência do nome do seu clã, ao que o padre, embora insistisse para que lhe fosse dado um nome português, devido à especial simpatia que tinha para com o seu ex-sacristão, acabou por aceder.

Foi padrinho de Nzadi o próprio Zé Gordo, alto e elegante apesar do nome, e que, dada a sua semelhança física, era de todos conhecido como Gary Cooper, o famoso ator americano daqueles tempos, que fazia a delícia dos que podiam frequentar inicialmente o Teatro Garrett, depois a sede do clube recreativo e desportivo Ferrovia e, já na década de quarenta, o novo Cine Moçâmedes, propriedade do senhor Eurico. A plateia desta nova e única sala de cinema daquela cidade estava dividida em duas partes: as duas primeiras filas da frente, separadas do resto por um ligeiro corrimão, tinha entrada própria, na lateral do edifício, e era destinada "aos pretos", como diziam. Não é que não houvesse alguns indivíduos de pele negra na plateia destinada fundamentalmente aos brancos e alguns mestiços. Mas esses eram já assimilados.

Roberto continuou ainda durante alguns anos a ajudar à missa dominical, mas tinha um bom emprego nos serviços de Fazenda, na contabilização das várias taxas e impostos com que os seres humanos se têm de haver no decurso de suas vidas.

O padre Galeano, apóstolo e santo, que sabia bem que um pouco de matéria sempre ajuda a formar o espírito, tinha arranjado uma bola de futebol, das de verdade e não das de trapos ou de bexiga de porco, que eram as mais usuais, mas só permitia que ela fosse jogada por quem, aos domingos, assistisse à santa missa, seguida de catecismo. O pároco era muito considerado pelas populações, tanto as da "vila" como as da Torre do Tombo, pois para ele Deus não era algo de abstrato e só fazia sentido quando conseguia conversar e confortar os seus súbditos.

"*Mens sana in corpore sano*", gritava o padre quando ele próprio chutava a bola para o meio do terreno e a colocava – após o catecismo – à disposição da miudagem, no terreiro por detrás da igreja, em que as balizas eram marcadas com duas pedras.

Como não há memória de que aquele terreno alguma vez tivesse sido aplanado por outras forças que não as da natureza e pelo muito pisotear da miudagem, era frequente aqui e ali existirem alguns pequenos mas irritantes buracos, que não raras vezes davam origem a entorses mais ou menos dolorosas dos tornozelos. Quando tal acontecia, os petizes sabiam bem o que fazer: em primeiro lugar era necessário ir a casa de Dona Estina, para que a velhota, com a palma da mão besuntada em azeite, que aquecia sobre a chama de uma vela, lhes aplicasse uma competente massagem, o que era meio caminho andado para a cura; a outra metade da salvação era levada a cabo por Dona Carminha, vizinha da primeira Dona e sua inimiga desde sempre.

Os miúdos sentavam-se num banquinho defronte de Dona Carminha, colocavam o pé dorido e já massajado sobre o avental desta também velhota e ela, fazendo passar uma agulha de tricotar para lá e para cá através de um novelo de lã, sem tocar no pé em causa, ia dizendo umas rezas impercetíveis que a certa altura formavam as seguintes palavras por ela proferidas: "eu cozo"; a que o petiz em tratamento deveria responder "carne quebrada, nervo torto".

Não há registo de um único caso em que tal dupla terapia não tenha resultado, mas desconhecem-se ainda os efeitos que a utilização de uma só das partes constituintes deste tratamento teria provocado, pois tal prática nunca foi levada a experimento, mas os méritos daquele tratamento abrangente podem ser testemunhados por Nzadi, por Firmino e por todos aqueles miúdos que, após o catecismo dominical, faziam a delícia dos que os apreciavam.

De entre todos se destacava Nzadi, tanto pela sua estatura e compleição física, pois parecia sempre mais velho do que os outros miúdos de oito anos, que era então a sua idade, como pela sua habilidade no domínio da bola e na incansável resistência e talvez exagerada vontade de vencer que demonstrava.

Jogava a beque, como se dizia naquele tempo, e o seu pé esquerdo era muito forte. Denotava uma grande inteligência e perspicácia, desenvolvendo qualidades de chefia, que o tornavam no natural capitão daquela equipa de futebol dos miúdos do Ginásio Clube da Torre do Tombo, a agremiação desportiva e recreativa dos colonos portugueses que viviam da pesca e nela se reuniam para jogar à sueca, animar bailaricos e praticar o futebol.

Nzadi era um brilhante aluno da nova escola primária que recentemente haviam construído no areal, perto do chafariz, erigida sobre pilares.

Um casarão de madeira, dividido em quatro salas, cada uma delas para a respetiva classe da primária. Todos os alunos estimavam e eram estimados pelo professor principal daquela escola, o senhor José Duarte.

A escola era frequentada quase que exclusivamente por filhos de brancos, de entre os quais uns três ou quatro mulatos, como Nzadi, e só mesmo um negro, o Firmino, cujo pai era enfermeiro no posto médico do Grémio dos Industriais de Pesca. Todos eles iam aprendendo as letras e as contas, a geografia e a história de Portugal, e da história de Angola só lhes era ensinado que esta não existia até que o navegador português Diogo Cão a descobriu, em finais do século XV.

Dessa história foi omitido, por negligência ou desconhecimento, que esse mesmo Diogo havia levado para Portugal para ser instruído nos mistérios da religião cristã o mais antigo dos conhecidos antepassados de Nzadi, D. Pedro, com quem iniciámos estas conversas.

Inocentes das suas respetivas proveniências, nos intervalos das aulas, aqueles putos jogavam à bola, e à tarde, pois as aulas eram somente pela parte da manhã, montavam armadilhas para os pássaros, tal como fizera Mensah na Jamaica, havia séculos, só que aqui não havia colibris, mas os papa-areia e os chupa-caca, que abundavam por entre os catos de visgo e capins queimados pelo sol que teimavam em sobreviver nas tórridas areias do deserto do Namibe.

Quando, em março, o que não acontecia todos os anos, caíam pesadas chuvadas, todo aquele deserto se cobria de verde e o capim ultrapassava mesmo a altura daqueles petizes, grande diversidade de vida invadia aquelas regiões desérticas, com admiráveis nuvens de gafanhotos e milhares de aranhiços, a que em Benguela chamam de matrindindis.

Se o calor apertasse demais, a miudagem ia para a praia ensaiar mergulhos de cima da ponte do Grémio, faziam concursos de quem tinha mais fôlego debaixo de água e pescavam bolo-bolos, ferreiras e mariquitas com seus pequenos anzóis de cornaca e fio de estralho. Por vezes armavam, com mateba, laços com que apanhavam garajaus voando junto à praia. Mas a maior parte do tempo passavam-no a jogar futebol no areal em frente ao Grémio.

Um dia decidiram criar uma equipa a que deram o nome de Luso Futebol Clube. Naquele tempo eram vendidos uns rebuçados embrulhados em papel e que traziam cada um deles o emblema de um clube de futebol de Portugal. Esses emblemas eram colados numa caderneta fornecida pelo comerciante dos rebuçados. Preenchida a caderneta, em que o mais difícil era o chamado número da bola, o 91, em troca da caderneta completa o comerciante oferecia uma verdadeira bola de cautechu. Nesse glorioso dia, a miudagem do bairro fez uma festa.

Tendo procurado na caderneta o emblema que fosse mais fácil de desenhar, optaram pelo do Luso e assim foi designada a equipa de futebol dos miúdos do extremo sul da Torre do Tombo. Só faltava uma sede para o clube. Também não foi complicado: os miúdos do futebol e as respetivas irmãs construíram um barraco feito de bordão e capim num terreno vago, após o qual começava a serra, que assim era chamado o deserto. Era a sede do Luso Futebol Clube. As meninas traziam de suas casas laranjas, açúcar e água e faziam laranjadas que depois eram vendidas, incluindo a elas próprias.

Um dia, as meninas fartaram-se de fornecer a laranjada que, depois, tinham de comprar. Bem comportadas, não se afastavam do largo da sede do Luso Futebol Clube, onde, depois da escola, jogavam ao lenço, à queimada e à macaca, até porque, com o final do dia, a escola palafita do professor Duarte lançava sombras assustadoras sobre o areal. Mas a "revolta da laranjada" ia fermentando e, um dia, numa primeira manifestação de movimentação feminista, fundaram a Quadrilha do Quadrado Vermelho, encobriram meio rosto com lenços e, audaciosas, destruíram o telheiro-sede do Luso Futebol Clube. Talvez porque se aproximava a dispersão daquele grupo, os futebolistas não só não retaliaram como parece terem apreciado a coragem, tanto que, poucos anos depois, um dos filhos do Zé Gordo, que também fora buscar ares ao Gary Cooper, se casou com uma dessas meninas.

– Lembro-me bem disso a que chamaste barraco. Era mais um telheiro. Faz-me lembrar a "saudosa maloca" do Adoniran Barbosa, que acabou também por ser demolida.
– Ora até que enfim que tens um episódio fresco. Essa da saudosa maloca é interessante. O Mato Grosso poderia

ser o Amílcar e o Joca seria o Necas, também chamado de Barriguinha. O que achas?
— *Acho adequado. E quem seria o "eu"?*
— *O eu sou eu! O Tempo.*

Nessa vida simples, saudável e harmoniosa foram passando os anos até que todos fizeram a quarta classe e a estrutura social em que assentava aquela comunidade iniciou a separação de suas vidas.

Terminados os estudos primários, e porque naquela vila não havia outra instituição de ensino para além das escolas primárias, com exceção para a Escola Prática de Pesca e Comércio de Moçâmedes, onde se podiam aprender algumas artes ligadas à construção naval e à pesca ou dotes de atividades comerciais que davam acesso a trabalhar no único banco existente ou então como "guarda-livros" nalguma casa comercial, aqueles miúdos foram sendo separados, indo uns trabalhar com os pais em atividades ligadas direta ou indiretamente à pesca, uns poucos matricularam-se na tal Escola de Pesca e dois deles, o Nzadi e o Firmino, foram frequentar o único Liceu que havia em todo o centro e sul de Angola, o Liceu de Diogo Cão, na Huíla.

Como nem um nem outro tivessem, em Sá da Bandeira, como então era designada a cidade do Lubango, familiares que os acolhessem, ficaram internados na instituição que, para o efeito, estava agregada àquele Liceu e para onde convergia todo e qualquer aluno proveniente das mais diversas localidades a sul do Caminho de Ferro de Benguela e que pensasse em prosseguir estudos liceais e que para tal tivesse posses.

Eram mais de uma centena os jovens, com idades entre os doze e os dezoito anos, que habitavam o Internato e frequentavam o Liceu. A comida era péssima e a disciplina bastante sofrível. Os mais idosos e antigos aterrorizavam os mais petizes e os recém-chegados com seus ritos de iniciação à comunidade, perante a nula vigilância do casal encarregado da instituição, o Dr. Negrão, que era também professor no Liceu e que quase não era visto, e sua esposa, Dona Nina, que, essa sim, era o verdadeiro capataz daquelas almas.

Anos depois, já em 1954, foi o Internato entregue aos cuidados de três Irmãos Maristas, que tinham vindo do Brasil, e que tinham uma conceção própria de como se doma a juventude rebelde.

A sua vinda fora uma completa revolução para aqueles jovens que ali iam crescendo com algumas virtudes natas e muitos defeitos adquiridos naquele ambiente de difícil sobrevivência, mesmo para os mais dotados de qualidades naturais. O grande cavalo de batalha e a arma escolhida por aqueles Irmãos para o domesticamento daquele grupo de rebeldes foi o desporto. Para além de terem remodelado todo o equipamento do Internato, mandaram construir vários campos para a prática de desportos, como o básquete, o vólei, o hóquei em patins, e ajudaram a manter conservado o grande campo de futebol que era pertença da Associação Académica da Huíla, onde brilhavam os alunos do Liceu, os mais dotados, e que participava no campeonato distrital da Huíla.

Firmino e Nzadi, quando completaram dezassete anos, tornaram-se integrantes indispensáveis daquela equipa. Nzadi, como defesa esquerdo, era uma barreira intransponível e as suas subidas pelo flanco, seguidas de cruzamentos mortíferos para a grande área, eram a sua marca registada. Essas qualidades, no entanto, não deixavam de ser acompanhadas de virilidade quase violenta e, se necessário fosse, de alguns truques e artimanhas estranhas ao *fair-play*.

Já Firmino, que jogava a meia-esquerdo, era o cérebro do conjunto. Recuperada a bola no seu meio campo, esta era colocada com precisão e rapidez sempre nos pés de algum seu companheiro melhor posicionado e, em triangulações rápidas, mas meticulosas, desbaratavam qualquer defesa. E se fossem daquelas defesas que só usam a força e pouco a cabeça, ainda melhor. Firmino era ainda o marcador de penalties por excelência: onde punha o olho, punha a bola. Grandes golaços marcou o Firmino!

O Sr. Portugal, treinador incansável daqueles jovens, tinha os seus planos em relação àqueles dois miúdos: quando terminassem os estudos no Liceu haveria de enviá-los para Coimbra, onde poderiam continuar a estudar e – ele tinha a certeza disso – teriam lugar na equipa principal da Associação Académica daquela cidade de estudantes.

Foi deste modo que, no ano da Graça do Senhor de 1958, ambos com dezoito anos, ingressaram Nzadi e Firmino na secular Universidade de Coimbra, graças às cartas de recomendação do professor Portugal, e ocuparam as posições de defesa e meia-esquerdos na Briosa, que era o clube de futebol da Associação Académica de Coimbra.

Na hora da despedida, Inês, a mãe de Nzadi colocou-lhe ao pescoço o medalhão que era o talismã da família, recomendando-lhe que dele se não separasse a não ser para o transmitir ao descendente seu que para tal ele viesse a escolher.

– Segundo entendo, depois de D. Pedro, o primo como irmão do bispo, nunca mais nenhum descendente seu tinha vindo parar àquelas terras do extremo ocidental da Europa, ou não é assim?

– É assim mesmo. Passados que foram quatrocentos e cinquenta anos, mais ano menos ano, o Nzadi, da linhagem de Gavá, o franzino rebento de Maria da Graça e de D. Pedro, sendo de todos, inclusive dele próprio, desconhecida a sua origem longínqua, ali estava com sua tez morena, brilhando nos campos verdes do futebol, fazendo as delícias de quantos tinham a possibilidade de observar como evoluía em campo. Embora se verificassem algumas manifestações do tipo "são pretos, mas são grandes jogadores", a verdade é que muito havia mudado desde que os primeiros negros, com suas danças e seus cantares, também encantavam as feiras e procissões daqueles remotos tempos. Mas os tempos agora eram outros...

Angola já não era o Reino do Kongo.

Era agora chamada de província ultramarina, já não havia reis em Portugal, mas reinava ali um forte clima de repressão fascistoide que não se resumia àquelas terras lusas, mas se estendia a todos os territórios que em diversos continentes se encontravam sob administração portuguesa.

Desde o fim da última Grande Guerra entre os europeus, quer em Angola quer entre os emigrantes angolanos que se encontravam em Portugal, como estudantes ou como embarcadiços em trânsito contínuo, assistia-se a um movimento de reivindicação de personalidade própria e distinta daquela que propalavam os novos senhores de Portugal. Distantes estavam os tempos em que os reis do Kongo e de Portugal se chamavam de "meu irmão". Imperava agora a lei da força, por um lado, e a da reação a essa opressão, por outro.

Durante o ano de 1959 o regime colonial havia feito uma grande razia entre os nacionalistas que, em Angola, se organizavam com vista à materialização daquilo que consideravam ser a sua identidade própria e clamavam pela independência do território. Essas prisões e sequentes deportações dos detidos para campos de concentração tiveram, quer para Firmino quer para Nzadi, consequências imediatas: tendo sido, por força da idade, recenseados como mancebos, foram chamados a cumprir, na cidade de Mafra, o serviço militar em finais de 1960. Nem as influências dos dirigentes desportivos e associativos de Coimbra conseguiram que fossem dispensados daquele serviço.

Foi deste modo que, cumprida a recruta, e como eram universitários, foram graduados como oficiais milicianos.

Quis a fortuna que Firmino fosse incorporado num batalhão cujo destino eram as longínquas paragens da Índia, onde os portugueses mantinham, desde os tempos das grandes navegações, alguns pequenos e isolados territórios sob sua administração, encastrados na imensidão daquele subcontinente. Numa manhã fria e chuvosa de janeiro de 1961 embarcou Firmino, no cais de Alcântara em Lisboa, a bordo do navio *Niassa*, com destino a Goa, separando-se deste modo de seu companheiro Nzadi, que fora selecionado para um esquadrão de artilharia.

Não chegou, porém, Nzadi a experimentar essas suas novas qualificações. Pouco depois da partida de Firmino, aconteceu em Luanda a revolta do 4 de Fevereiro e logo depois o levantamento popular no Norte de Angola, que teve como consequência a palavra de ordem dos governantes portugueses "para Angola e em força".

Era o início da luta armada de libertação dos angolanos, que foi seguida de grande repressão por parte das forças militares e policiais do regime fascista português. Também em Portugal e entre os estudantes oriundos das colónias o nível de contestação e as formas de sua manifestação foram progredindo, tendo-se verificado a fuga clandestina para França de muitos desses estudantes que, em Lisboa, no Porto e em Coimbra se organizavam no seio da Casa dos Estudantes do Império.

Contactado Nzadi para fazer parte desse grupo e na iminência de se ver arrastado para a guerra contra o seu próprio país, não hesitou em se integrar num desses grupos e, em junho desse mesmo ano, encontrou-se em Paris com outros pequenos grupos de seus conterrâneos, que haviam feito o mesmo percurso de escapada às garras do sistema português.

– Tens alguma memória desses tempos e do percurso de Nzadi e Firmino?

– Desses tempos, sim. Mas não registei factos com eles relacionados. Sabes como é, acontecem tantas coisas...
– Então vou-te contar só um para assim enriqueceres o teu património de manta de retalhos.
– Deixa-te de piadinhas e conta lá o que queres que eu saiba.
– Não são piadinhas. É que o todo é mesmo feito de retalhos e mais qualquer coisa enfim. O que é mau é retermos alguns e não darmos importância a outros. O Nzadi era um moço esperto, sem dúvida, mas a sua desmedida vontade de vencer e de estar por cima, quantas vezes úteis no campo de futebol, chegava por vezes aos limites da falta de ética. O plano de fuga daqueles estudantes, de Portugal para França, vinha sendo preparado havia já alguns meses. Nessa perspetiva, Nzadi encomendou ao alfaiate que normalmente fazia trabalhos para os "estudantes do Império" (a expressão é do alfaiate) um casaco de bom e quente tecido que, como normalmente, haveria de ser pago em prestações de cem escudos mensais até que a totalidade dos quinhentos escudos fosse saldada. Uma semana antes da partida para França, Nzadi tinha o casaco pronto. Pagou os primeiros cem escudos e nunca mais aquele modesto e simpático artífice ouviu falar do beque esquerdo da Académica.
– De facto, isso não se faz.

— *Faz-se sim. E mais vezes do que se vem a saber. A ambição...*

Pouco tempo, no entanto, se deixaram Nzadi e seus companheiros ficar por aquelas terras gaulesas. De forma clandestina, e que havia profundamente desagradado aos seus anfitriões protestantes do Lar da Cimade, em Sévres, arredores de Paris, que os haviam acolhido, sem se despedirem, como é o uso de quem anda na clandestinidade, partiram um belo dia em direção ao Gana, país recentemente independente e que, sob a égide do grande chefe Nkrumah, dava apoio às lutas de libertação nacional que se desenvolviam no continente.

Nzadi foi um dos escolhidos para ser enviado a Marrocos para ali fazer treinamento na luta de guerrilhas. Sem que o pudesse saber, pisava agora, quase quatrocentos anos depois, o mesmo solo que o seu antepassado tio, o famoso Gamahl, havia invadido, fazendo parte da tropa do desafortunado rei de Portugal, o tal de D. Sebastião, *o Desejado*.

Devido à sua compleição e preparação física, Nzadi em pouco tempo se tornou um destacado combatente em potência. Terminado o tempo de preparação militar, o grupo de libertadores foi enviado para o Congo Leopoldville, que era agora independente e já não mais propriedade pessoal do rei da Bélgica.

Firmino, por seu lado, desembarcado em Goa, na longínqua Índia, a mais de quinhentos quilómetros a sul de Bombaim, servia – sem interesse e ainda menos entusiasmo – no pequeno grupo que, mais por simbolismo do que por efetiva eficácia militar, ali representava a soberania de Portugal. Esta, a soberania, mais protocolar do que comercial ou financeira, era assim como um chá fraquinho, que se sabe ser chá porque tal nos dizem, mas que efetivamente fica muito a desejar nos seus efeitos.

Para Firmino, de qualquer modo, sempre era melhor estar ali do que se tivesse sido levado para Angola, onde teria de combater os seus próprios concidadãos.

Fazia a sua rotina e gostava mesmo era, nas folgas, de visitar a igreja matriz de Pangim, a Igreja de Nossa Senhora da Imaculada Conceição, com sua grande escadaria frontal, um edifício em estilo barroco português, erigido originalmente em 1541. Ou, ainda, de percorrer o Instituto Vasco da Gama, centro cultural fundado em 1871, com seus painéis de azulejo que retratam cenas d'*Os Lusíadas* de Camões, como a da chegada de Vasco da Gama à Índia.

Como naquela altura poucos países havia que ainda suportavam as pretensões colonialistas de Portugal de ser um país multicontinental, multirracial e outras invenções ideológicas que o regime fascista ia desenvolvendo para seu próprio consumo, sucedeu que, em dezembro de 1961, o governo da União Indiana, chefiado então por Nehru, se fartou da presença lusitana por aquelas bandas e decidiu acabar de vez com ela, a qual se iniciara no já antigo ano de 1510.

É assim com todas as coisas que os homens acham que têm princípio: acabam um dia e ponto final. A verdade é que quem acha que as coisas têm princípio é somente porque tem a vista curta e não enxerga mais para trás. Mas para Firmino, aquele presumido fim era simultaneamente o princípio de uma nova fase de sua vida. Ele e uns poucos mais saudaram a ocupação militar pelos indianos daquelas parcelas excrescentes do império português e recusaram-se a integrar o comboio de regresso à pátria lusa formado pela administração civil e militar lusitana.

Com a intervenção de alguns goeses, que também já estavam fartos da ocupação, conseguiu Firmino que o seu desejo de ser levado para o Congo fosse aceite pelas autoridades indianas e, sob a égide do comité para os refugiados das Nações Unidas, desembarcou em Ponta Negra, no Congo Brazzaville, ainda antes do fim de 1962. Mal chegado, fez o percurso em direção a Leopoldville, onde foi acolhido por simpatizantes da UPA, um dos movimentos angolanos que pugnavam pela libertação do seu país, e que nele viram um potencial chefe militar, tendo em atenção a sua preparação para essas tarefas.

Tendo recolhido algumas informações, ficou a saber que o seu amigo Nzadi tinha ingressado nas fileiras do outro movimento de libertação, o MPLA, mas não conseguiu encontrá-lo, pois, entretanto, a situação política no ex-Estado de propriedade do rei Leopoldo tinha-se tornado insustentável para os seguidores de Agostinho Neto, que se viram expulsos de Leopoldville e tiveram de rumar em direção ao Congo Brazzaville.

O majestoso rio separava assim as suas vidas.

Se se tivessem encontrado, possivelmente a história futura de cada um deles tivesse sido diferente. Dada a amizade de muitos anos, talvez entre ambos fosse possível ir mais além do que a simplista explicação que lhe deram de que o MPLA era uma organização de brancos e mulatos, filhos de colonos, e que a verdadeira libertação só poderia advir do movimento genuinamente africano, como se autopropalava a organização de Holden Roberto. Seja como for, a vida de cada um é como uma estrada de sentido único: sempre para a frente, não há como fazer marcha atrás. Encontram-se amiúde encruzilhadas que é preciso enfrentar, sem grandes pausas para reflexão. Uma vez seguida uma das vias nunca mais se volta à mesma encruzilhada. Para mudar de rumo, só na encruzilhada seguinte e em frente. Não há regresso.

As estradas que se abriram, quer a Firmino quer a Nzadi, não desembocariam em nenhum cruzamento por muitos e largos anos, desenvolvendo cada um por si, à sua maneira e como lhes era proporcionado, as suas atividades de libertadores.

Firmino tornou-se num qualificado instrutor militar, passando a maior parte do tempo em atividades logísticas e de formação, centradas em torno da principal base daquele movimento, em Kinkuzu, no Congo Leopoldville.

Em 1974, depois que a UPA, transformada que estava em FNLA, acordou com a nova administração portuguesa o cessar-fogo, foi Firmino enviado para Luanda à frente de uma companhia de tropas especiais e que tinha por missão garantir a segurança das instalações e dos dirigentes daquele movimento.

Quanto a Nzadi, teve a sorte, que futuramente viria a condicionar toda a sua vida, de ter encontrado no MPLA um seu antigo correligionário das lides do futebol em Coimbra e que se tornara num alto dirigente desse movimento, o Daniel Chipenda. Era uma espécie de adjunto ou pau para toda a obra deste último e nessa condição se transladou, através da Zâmbia, para a Frente Leste daquele movimento, onde se manteve até ao fim da guerra colonial.

No ano de 1971 Nzadi juntou-se à jovem Kaxweka, que dois anos antes desertara com outros companheiros seus da escola de Muié, na zona sob administração portuguesa, e ainda não perfizera dezasseis anos. Kaxweka, que, entretanto, também teve instrução militar mínima, acompanhava Nzadi para todo o lado.

Um ano antes de os militares portugueses terem derrubado o caduco regime fascista que por várias décadas havia imperado sobre Portugal e suas colónias espalhadas pelo mundo, vira-se Nzadi, sempre fiel ao seu amigo e camarada Chipenda, envolvido na cisão do MPLA que ocorreu na frente Leste.

Para Nzadi, todos aqueles acontecimentos foram inicialmente vividos como desentendimentos entre camaradas que prosseguiam os mesmos objetivos. E não conseguia aceitar que o que se dizia, que Chipenda pretendia assumir a chefia do movimento e liquidar o seu presidente, pudesse ter algum fundo de verdade. De tal modo que, por afinidade e confiança no valor desse seu amigo e camarada, tomou coerentemente a atitude de o defender.

Quando, em agosto de 1974, se realizou em Lusaka um congresso do Movimento em que estiveram representadas três fações do mesmo, Nzadi integrava a delegação da chamada Revolta do Leste. A aproximação que então tentou com os seus antigos camaradas que estavam na fação do presidente Agostinho Neto foi ostensivamente rechaçada por estes e todas as tentativas de conversação e contacto, não tendo tido êxito, viu-se Nzadi sem outra escolha senão continuar ao lado do seu novo líder. A marginalização e exclusão de que fora alvo por parte de seus antigos camaradas haveriam de o marcar, em crescendo e para sempre. Chipenda assumiu-se como "chefe do verdadeiro movimento", mas tal iniciativa não teve o acolhimento por ele esperado, de tal modo que nunca chegou a ser reconhecido como uma força política autónoma, tendo sido excluído das negociações com a administração portuguesa para o processo da independência do país.

Não pretendendo, no entanto, ficar de fora da cena política, aproximou-se Chipenda da FNLA e acabou por abrir, a coberto desta nova aliança, uma delegação sua em Luanda, com a complacência das autoridades portuguesas, e cuja segurança foi confiada a Nzadi.

No dia da abertura dessa delegação, Firmino esteve presente, trocaram algumas palavras e ficaram de se encontrar em breve, o que o futuro não permitiu.

Como naquela altura as diversas organizações de angolanos, que, cada qual à sua maneira, lutavam pela independência do país, se consideravam todas elas os únicos e dignos representantes de todo o povo, verificou-se que, sendo o povo só um e as organizações muitas, não havia espaço para a sua coabitação, pelo que, logo que tal lhes pareceu possível, começaram a guerrear-se entre si.

As primeiras escaramuças tiveram lugar entre as duas fações do MPLA, tendo sido derrotada a fação liderada por Daniel Chipenda, cujo agrupamento em Luanda era chefiado por Nzadi. Este, sua mulher Kaxweka e o único filho do casal, a quem deram o nome de Pedro e que nascera em 1972, tiveram de abandonar de forma atabalhoada a delegação em Luanda e procurar refúgio no Huambo.

Nos meses que se seguiram a guerra fratricida estendeu-se a quase todo o território, começando a desenhar-se uma visível divisão do país pelas forças em presença. Tendo-se tornado insustentável a manutenção das tropas da FNLA em Luanda, que inicialmente, de forma arrogante e feroz, se procuraram impor e agora eram permanentemente atiçadas e atacadas pelos comités de bairro pertencentes ao MPLA, Firmino e os que restaram das inúmeras confrontações que nessa cidade tiveram lugar foram obrigados a abandonar a capital e a rumar para norte, para a província do Zaire, onde eram preponderantes.

Assistiu-se então a uma aproximação entre a UNITA, que conseguira também ser considerada movimento de libertação, e a FNLA, com a formação de um bloco opositor ao MPLA. Chipenda decidiu integrar na FNLA a sua própria tropa, o que levou a que alguns dos antigos combatentes do MPLA original se vissem confrontados com a opção de terem de servir agora nas fileiras daqueles que durante tantos anos os haviam combatido e que, durante esses muitos anos, sempre foram rotulados de lacaios do imperialismo.

O ano de 1975 ia já bem entrado na sua segunda metade e o país estava agora dividido. Duas províncias do norte eram administradas pela FNLA, outras três no planalto central estavam sob o controlo da UNITA e as restantes onze viviam sob a influência do MPLA. Como se aproximasse a data acordada para a independência do país, a perspetiva provável de que fosse o MPLA, que mantinha o poder em Luanda e grande parte do território, a assumir as rédeas do novo país, parecia não convir às potências ocidentais que travavam uma acérrima guerra-fria contra o chamado bloco comunista. A sul do território estava a Namíbia, então designada de Sudoeste Africano, sob tutela do regime racista e exclusivista da África do Sul.

Numa dessas tardes de início de cacimbo apareceu pelo Cuando Cubango um pequeno grupo de sul-africanos brancos, enfarruscados para que se os não reconhecesse como tal, mas cujos narizes e lábios mostravam bem o ridículo dessa presunção.

Vinham mandatados por Chipenda para proceder ao enquadramento do que restava das suas tropas. Estavam acompanhados por um português que residiu em Angola nos tempos da administração portuguesa e que pertencera aos serviços da DGS. Este português servia de veículo de comunicação.

O estado de apresentação das tropas de Chipenda era tão lastimável que foi dispensada qualquer formatura. O sul-africano que se assumia como chefe e que, mais tarde, se veio a saber tratar-se do coronel Pieter Engfluss, separou cinco de entre o magote de soldados mal vestidos, alguns já sem botas, descalços ou usando sandálias as mais diversas, e todos com aspeto de não terem comido havia já várias semanas. O português, de seu nome Oliveira, traduziu as instruções de Engfluss: "Vocês os cinco ficam à disposição do coronel e vão de imediato com ele para a base de treinamento. Os restantes vão comigo para Mpupa."

Aqueles cinco militares não tinham sido escolhidos por acaso, mas sim pelo seu aspeto: compleição física e certa determinação no olhar que não escaparam à perícia daquele sul-africano, mestre em formar máquinas de destruição. Entre eles se encontrava Nzadi.

No dia seguinte, Engfluss e os seus cinco novos recrutas estavam em Fort Doppies, base sul-africana situada na faixa de Caprivi, que se encrava entre Angola e o Botswana. Kaxweka e seu filho Pedro, de quatro anos, haviam sido levados para Mpupa, local situado junto à antiga coutada de caça do Mucusso, nas margens do rio Cuito, perto das quedas de Mpupa, e onde se concentrava a quase totalidade dos antigos combatentes que haviam seguido Chipenda nas aventuras dos últimos e recentes anos.

Naquela base sul-africana, Nzadi foi submetido a treinamento próprio de quem se destina a ser tropa especial de elite. Tendo não só suportado todos os testes de força e dureza a que esteve submetido, mas mostrando ainda que a longa experiência e treino diversificado que havia tido durante quase toda a sua vida faziam dele um combatente especial, não foi difícil a Nzadi cair nas boas graças do coronel Engfluss, que nele reconhecia essas capacidades excecionais.

Este coronel, um bóer de família há muito residente na África do Sul, não era homem de grandes palavras e muito menos de emoções outras que não fossem as que se ligavam diretamente à ação militar. Era um homem estranho.

Pertencendo a uma sociedade cujo lema era o da separação das raças, levava a sério a missão que superiormente lhe haviam confiado de enquadrar aqueles angolanos, transformando-os numa tropa eficaz na luta contra a ameaça comunista que o MPLA representava, na perspetiva mais do que provável de que este assumiria o poder em Angola e que não hesitaria em fazer espalhar a sua revolução para a Namíbia, mais próxima, e de seguida para a própria África do Sul.

Assim sendo, o seu relacionamento com os comandos sob sua autoridade, fossem eles brancos ou negros, pautava-se pelo racionalismo e pela eficácia no cumprimento das missões. Para tal, os seus homens – como ele dizia – podiam contar consigo.

Nzadi notava, no entanto, que o coronel Engfluss tinha uma especial dedicação pelos povos Khoi-San, que habitaram originalmente aquelas regiões entre o Cuando e o Cubango e dos quais ainda havia algumas comunidades. O seu cuidado e preocupação para com esse povo só eram superados pela meiguice com que tratava os seus formidáveis cães. De resto, era sua preocupação transformar aqueles nómadas, aproveitando as suas naturais qualidades de excelentes pisteiros e caminhantes, numa tropa também especial e utilizá-la como força de combate quer contra as forças do MPLA quer contra a SWAPO, a organização que lutava pela independência do sudoeste africano.

Muitos daqueles Khoi-San tinham feito parte do agrupamento militar designado "Flechas", que havia servido as forças armadas portuguesas na repressão aos movimentos de libertação. Recentemente tinham-se verificado escaramuças entre eles e as forças de Chipenda, que os consideravam traidores.

Não foi preciso esperar muito para que as antigas tropas de Chipenda, agora designadas Grupo Bravo, enquadradas por oficiais sul-africanos e pelos cinco comandos angolanos, assim como as tropas Khoi-San, batizadas de Grupo Alfa, tivessem a possibilidade de mostrar o que haviam aprendido.

Com efeito, em 15 de outubro de 1975 iniciava-se aquela que viria a ser conhecida como operação Savana, no decurso da qual o exército sul-africano, as quatro companhias de ex-FNLA e as duas companhias de Khoi-San por ele enquadradas haveriam de percorrer três mil quilómetros em 33 dias, na tentativa de atingirem Luanda antes do 11 de novembro, data acordada para a retirada da administração portuguesa do território angolano.

Foi assim que, menos de duas semanas após o início da operação, no dia 28 de outubro de 1975, Nzadi, comandando uma companhia de tropas aguerridas, entrou na cidade que o viu nascer, Moçâmedes, dezassete anos após a ter deixado com destino aos campos relvados de futebol da cidade universitária de Coimbra, em Portugal.

A estadia de Nzadi em Moçâmedes foi de curta duração. Teve tempo de constatar que a cidade tinha sido quase totalmente abandonada pela sua população branca que, ou havia rumado por terra em direção ao sudoeste africano, ou embarcado num navio que esteve atracado no porto comercial e que havia zarpado com eles. Também a maior parte dos seus contemporâneos havia deixado a cidade, pela estrada da Lucira, em direção a Benguela, pois, sendo apoiantes do MPLA, que até então administrava a cidade, e perante o dispositivo militar que os sul-africanos apresentaram e de que eles tinham conhecimento desde a entrada destes em Sá da Bandeira, decidiram bem não se armar em heróis e tomaram a iniciativa do recuo.

De sua mãe Inês e seu pai Roberto nem sinal. Reuniu algumas informações dispersas segundo as quais eles já há vários anos se não encontravam naquela cidade, pois o pai, na sua qualidade de funcionário da Fazenda, havia sido transferido para S. Salvador do Congo, como então se chamava Mbanza Kongo, a capital do reino, de onde quinhentos anos antes o seu antepassado D. Pedro e seu primo D. Henrique tinham sido levados para Portugal para serem iniciados nos mistérios da fé.

Após aqueles três dias de estadia em Moçâmedes, a companhia de Nzadi rumou de regresso ao Lubango, dirigindo-se depois pela estrada de Benguela em direção ao norte, pois só faltavam cerca de dez dias para a data da independência do país e era preciso estar em Luanda antes disso.

A verdade é que nunca chegaram a Luanda, nem antes nem depois dessa data. Se o avanço inicial das colunas motorizadas, nas quais a companhia de Nzadi estava enquadrada, mais pareceu uma passeata até à ocupação de Benguela a 6 de novembro, a partir daí as coisas complicaram-se e só chegaram a Novo Redondo, na costa atlântica do Cuanza Sul, a 13 de novembro.

A travessia do rio Keve tornou-se num obstáculo não ultrapassável. As pontes de acesso haviam sido destruídas pelas forças do MPLA e pelas forças regulares do exército cubano que, após a decisão tomada a 5 de novembro em Havana, rapidamente haviam sido transportadas para Angola, naquela a que se chamou Operação Carlota. E se, em outubro, os militares cubanos, dando assistência às Forças Armadas Populares de Libertação de Angola, não excediam algumas centenas, por altura da Independência eles eram já alguns milhares.

Enquanto Nzadi ia tentando a sua caminhada para norte, o seu antigo companheiro das lides futebolísticas, Firmino, no Ambriz, uma localidade piscatória situada na costa atlântica a cerca de 180 quilómetros a norte de Luanda, integrava as forças conjuntas da FNLA de Holden Roberto, das unidades do exército zairense e ainda dos militares do chamado ELP, Exército de Libertação de Portugal, que se preparavam para a entrada triunfal em Luanda, para na data acordada proclamarem a independência do país.

– Interrompe ainda a tua embaladora conversa, que eu tenho um episódio para narrar...

– Até que enfim dás um ar da tua graça...

– O episódio surgiu-me quando falaste do Ambriz. A estratégia da FNLA para a tomada de Luanda foi interessante. Primeiro foi desenhada a estratégia e depois é que se foram contabilizar os meios existentes. O plano tinha de ser épico. A entrada em Luanda tinha de ser em triunfo e no dia marcado em que se proclamaria a independência do novo país. Para isso, era preciso preparar o terreno: a artilharia trataria de amolecer os ânimos inimigos, criar o pânico e o desalento, a debandada, enfim. Então entrar-se-ia na capital, pela estrada que atravessa o pantanal do Panguila, em direção ao Cacuaco, seguindo-se o Sambizanga, o Kinaxixi e, finalmente, o Palácio na cidade alta. O problema era a artilharia, que não se ajustava ao que se pretendia e que era amolecer os espíritos defensores a partir do Morro da Cal. Integravam as forças da FNLA duas baterias de artilharia, fornecidas e operadas por militares sul-africanos, que logo após os primeiros disparos deixaram de funcionar.

– Apesar disso mantiveram o propósito inicial de entrada triunfal, o que foi um desastre completo...

A desejada entrada triunfal transformou-se num inferno quando, na estrada da morte que atravessa os lamaçais do Panguila, a coluna que para Luanda se dirigia foi completamente destroçada pela artilharia que os esperara em Kifangondo.

Firmino foi ferido por alguns estilhaços, conseguiu arrastar-se como pôde através das plantações de cana-de-açúcar, mas foi capturado ao fim de vinte e quatro horas, quase desfalecido.

Transportaram-no para o Hospital Militar em Luanda. Recuperado após duas semanas nesse hospital, foi internado no campo prisional da Sapu, a cerca de vinte quilómetros do centro de Luanda, ali tendo permanecido durante cerca de três anos, até que a FNLA e o Governo entenderam enterrar o passado de lutas e foi possível aos cidadãos que integraram as forças daquele movimento serem agora cidadãos a tempo integral e fazendo parte da sociedade que, bem ou mal, lá se ia desenvolvendo. Alguns anos mais tarde, quando se instituíram as regras do multipartidarismo, foi Firmino eleito deputado à Assembleia Nacional pelo seu partido, a FNLA.

– Se bem me recordo desses tempos, não me parece que tivesse havido qualquer hipótese de se evitar essa guerra fratricida...
– Foi o que aconteceu.

Na impossibilidade de atravessarem os caudalosos rios, cujas pontes haviam sido dinamitadas, a até aí relativamente fácil progressão das tropas em que se incluía Nzadi foi detida nas suas margens. A independência do país tinha sido proclamada, retirando deste modo a todas aquelas ações militares o sustentáculo da sua estratégia.

Foi assim que a Nzadi e companheiros foi dada a ordem de retirada do território angolano, o que se completou a 27 de março daquele ano de 1976. Após essa data, foi o coronel Engfluss autorizado a constituir, na faixa de Caprivi, uma base para onde foram transportados os elementos da FNLA, até então integrados no chamado Grupo Bravo, onde se encontrava Nzadi.

Os soldados selecionados pela equipa do coronel e suas respetivas famílias foram instalados em duas tendas num local designado Pica Pau e, embora não tivessem até à data existência legal no quadro das forças armadas sul-africanas, foram logisticamente apoiadas por essas forças.

Passaram-se cerca de 18 meses até que, constituídas as forças dos angolanos no Batalhão 32, foram definitivamente instaladas na que se chamou Base Búfalo, nome pelo qual melhor ficou conhecido aquele batalhão.

O coronel assumiu ainda pessoalmente a proteção de Kaxweka e do pequeno Pedro, mulher e filho de Nzadi, colocando-os numa sua fazenda que tinha na região de Bloomfontein. Kaxweka ajudava a esposa do coronel na manutenção e nas lides da casa, enquanto Pedro, aos quatro anos de idade, passava os dias brincando e caçando rolas e outros pássaros, acompanhando o filho mais novo do coronel também nas correrias atrás dos perus e gansos que eram criados naquela quinta.

Terminado o ano de 1976 foi Pedro matriculado na escola rural da pequena povoação nas cercanias da fazenda do coronel, onde se iniciou nos números e nas letras em afrikaans, língua principal em uso na casa grande do coronel e em toda aquela região da África do Sul.

Os anos que se seguiram passou-os Nzadi em intermináveis combates em toda a região Sul do

País. Inúmeras incursões, ações de reconhecimento e flagelamento contra as FAPLA e a SWAPO foram levadas a cabo nas províncias do Cuando-Cubango e Cunene, estendendo-se por vezes ao sul do Moxico e do Bié.

No princípio do ano de 1985 foi Nzadi chamado pelo coronel e convidado a passar um fim de semana na fazenda deste, tendo a oportunidade de visitar a mulher e o filho.

Depois do jantar o coronel convidou Nzadi para sua casa para terem uma conversa que o próprio considerou determinante e que se resumiu no seguinte: estava em preparação uma operação secreta que tinha como objeto um ataque às instalações petrolíferas da CABGOC em Cabinda. Havia que preparar uma pequena equipa de comandos que seria levada até à costa de Malongo em submarino e a missão consistia em entrar furtivamente no perímetro da instalação em terra, dinamitá-la e sair pela mesma via de entrada. Os créditos de tal operação seriam levados à conta da UNITA.

Não seria a primeira vez que uma operação do género seria levada a cabo. Já em 1981 se tinha realizado, com êxito, um ataque à refinaria em Luanda, que ardera durante vários dias. Nzadi participara dessa intervenção e a sua experiência era, portanto, uma grande mais-valia e garantia de sucesso.

Nzadi iria ser incorporado na equipa e os próximos três meses seriam passados numa base naval perto da Cidade do Cabo para preparação dos homens e definição de todos os detalhes da operação. Havia que habituarem-se à claustrofobia do habitáculo em submarino, prepararem-se para a travessia até à praia, programar toda a ação a levar a cabo, a segurança da retirada, tudo pormenorizado e previsto.

Numa noite de cacimbo, em junho de 1985, Lumumba e Ambrósio, dois guardas das instalações de Malongo, decidiram ir visitar as suas namoradas que viviam numa pequena aldeia de pescadores ali perto. De regresso, de madrugada, caminhavam pela praia quando repararam nas pegadas que, vindas do mar, se dirigiam para o interior da instalação. As marcas das botas eram bem diferentes das que ali se usavam pela guarnição.

De imediato lançaram o alerta aos demais companheiros e o resultado foi que os invasores foram descobertos, tendo havido grande troca de tiros de que resultou a morte de dois dos invasores e a detenção de um terceiro, tendo os restantes conseguido recuar de volta ao submarino que os trouxera.

A operação resultou em fracasso devido a um pequeno pormenor não previsto pelos assaltantes.

Nzadi foi um dos que conseguiu escapar, tendo sido condecorado pelas forças sul-africanas pela bravura demonstrada na salvação dos restantes companheiros. Cerca de dois anos e meio depois o militar sul-africano preso foi libertado por troca com prisioneiros detidos no país do *apartheid*.

– Segundo sei, os assaltantes não foram detetados por causa das pegadas deixadas na praia.
– O que é que tu sabes, então? Quem te contou? Ou leste algures?
– Contaram-me recentemente. Um dos militares que disse ter estado lá e vivido esses acontecimentos. Segundo ele, ninguém tinha ido visitar namorada nenhuma. Estavam em patrulha de ronda habitual quando um dos guardas, apertado de urina, resolveu ir regar uns arbustos junto ao percurso que habitualmente faziam. No exercício das suas necessidades físico-hidráulicas deparou-se com um estranho de cara pintada de preto, camuflado no muxito, mijou-lhe por cima e disparou de imediato, tendo sido este o primeiro morto e sido deste modo dado o alerta para os tiroteios que se seguiram.

– Essa tua versão, com testemunha real e tudo o mais, é muito interessante, mas não deixa de ser ficção.

Os anos foram passando e, em 1988, Pedro terminou o décimo ano de escolaridade. Foi também nesse ano que seu pai, Nzadi, foi finalmente desmobilizado das suas obrigações militares clandestinas, tendo, no entanto, escapado de ser enviado para o campo de Pomfret, antiga mina de asbesto, onde foi realojada a maioria dos sobreviventes do Batalhão Búfalo. O campo era uma área inóspita, deserta e varrida por constantes ventos que mantinham o ar sempre envolto numa nuvem de cancerígeno asbesto.

Mas eram novos tempos, tinham sido assinados acordos em Nova Iorque entre as partes em conflito nessa região da África Austral que levariam à libertação de Nelson Mandela, ao fim do sistema de *apartheid* na África do Sul e ao multipartidarismo em Angola. Iniciou-se também a nível mundial o processo político que levaria à queda do muro em Berlim e ao estabelecimento de novas relações de forças entre as grandes potências mundiais.

Nzadi juntou-se à família, desempenhando na fazenda do coronel as funções de capataz e pau para toda a obra. Tudo levava a crer que, finalmente, havia sido desmobilizado das suas anteriores ocupações.

A situação da África do Sul era palco de alterações profundas: terminadas as operações militares de mais de duas décadas em território angolano, também o sistema de *apartheid* faliu, Nelson Mandela foi libertado de Robben Island após mais de 25 anos de encarceramento e iniciou-se a implantação de um sistema democrático com o reconhecimento de todos os seus cidadãos como eleitores com direitos e deveres iguais.

O que, para Nzadi, parecia ser o repouso do guerreiro viria a ser perturbado numa manhã chuvosa de fevereiro de 1993, com um telefonema recebido pelo coronel Engfluss e proveniente de um tal Pedreira, antigo chefe de secção de reconhecimento do Batalhão Búfalo.

Pedreira indagava da disponibilidade de Nzadi para integrar uma *task-force* para executar um trabalho de intervenção no Norte de Angola, mas desta vez em coordenação com as autoridades militares do país.

Acontecera que, por força dos confrontos internos decorrentes da retirada unilateral das forças da UNITA da sua participação nas Forças Armadas Angolanas então constituídas e que surgiram após as eleições de 1992 em Angola, a UNITA tinha o controlo da cidade do Soyo, onde se encontrava a base logística do Kwanda. Nessa base encontrava-se inacessível um equipamento de perfuração de poços petrolíferos, alugado por uma prestadora de serviços àquela indústria, cujo aluguer representava uma fortuna e igual prejuízo.

A operadora em causa, a Heritage Oil and Gas, havia contactado um antigo integrante dos serviços de reconhecimento que trabalhara com o Batalhão Búfalo no sentido de este antigo militar constituir um grupo de assalto que, em conjunto com as operações a serem levadas a cabo pelo próprio exército angolano naquela área, tinha como missão criar as condições de segurança para o pessoal da Heritage recuperar o *kit* de equipamento alugado pela operadora.

Pergunta do Pedreira: estaria o Nzadi disposto a integrar o grupo de intervenção?

O contrato entre a operadora e a empresa interessada, a Executive Outcomes, previa que o trabalho fosse executado em cerca de um mês. Era não só um modo de ganhar algum bom dinheiro, mas talvez uma oportunidade de, cooperando agora com as autoridades angolanas, criar as condições para um regresso tranquilo ao seu país de origem.

Todos estes aspetos foram discutidos não só entre o coronel e Nzadi mas – e mais profundamente – entre este e Kaxweka e seu filho Pedro, já em fase final de licenciatura.

Na hora da partida e no meio dos abraços, beijos e lágrimas de pais e filho, Nzadi achou ser chegada a hora de transmitir a seu filho o medalhão ancestral que havia acompanhado todas as gerações desde os tempos de D. Pedro e Maria da Graça, encorajando-o a nunca o abandonar, pois que aquele medalhão era não só o símbolo mas, mais do que isso, o garante da boa sorte de quem o transportava.

Em meados de março de 1993 desembarcavam no aeródromo militar anexo à Brigada de Comandos em Cabo Ledo, a cerca de 150 quilómetros a sul de Luanda, 72 dos antigos integrantes do batalhão 32, de entre os quais se encontrava Nzadi, que, agora sem a proteção do seu medalhão, regressava às suas origens ancestrais.

A operação conjunta levada a cabo no local onde, cerca de 150 anos antes havia nascido o seu bisavô João Luvambu e vivido seu avô Fernando Luvambu, antes de se mudar para Moçâmedes, não foi tão simples como programada, mas no que respeita à recuperação do *kit* de equipamento foi executada com sucesso.

Estando sob controlo a cidade do Soyo, foi Nzadi visitar o cemitério de seus antepassados localizado na ilha do Kwanda, onde encontrou as campas onde estavam enterrados os restos de seu avô Fernando e seu bisavô João Luvambu.

– Essa empresa Outcomes era, no fundo, um conjunto de mercenários.
– Pode ver-se desse modo, embora o seu, digamos, objeto de trabalho não fosse a reversão de qualquer legítimo poder político. Eles só intervieram para possibilitar à empresa Heritage a recuperação do seu equipamento.

– Mas depois continuaram...
– Isso foi depois.

Terminada aquela missão, Nzadi e companhia regressaram a Cabo Ledo, onde receberam a visita do Chefe do Estado Maior das Forças Armadas Angolanas, que os felicitou não só por terem levado a cabo com êxito a sua missão de resgate mas ainda pela colaboração por eles prestada ao exército nacional na ocupação daquela área e da vila do Soyo em particular. Sugeriu que se aproveitasse, em conjunto, os frutos dessa cooperação e o facto de se encontrarem em território nacional e propôs que a equipa da Executive Outcomes firmasse contrato com o Governo para prestar serviços de formação militar a quadros angolanos a partir de uma base existente junto ao rio Longa, a poucos quilómetros de Cabo Ledo. Um general angolano na reserva que acompanhava a comitiva do Chefe do Estado Maior dirigiu-se, em especial, aos angolanos integrantes do corpo expedicionário, informando-os do interesse e da disponibilidade das autoridades de receber e integrar todos os que quisessem, fosse no quadro das forças armadas, fosse a sua incorporação na vida nacional, virando-se a página de divergências e inimizades que até então tinham determinado as suas vidas. Quem quisesse ficar, o Estado iria ajudar na sua integração social como cidadãos de corpo inteiro.

Acontece que Nzadi conhecera e trabalhara como guerrilheiro com o agora general na reserva nos tempos da luta de libertação na chamada Frente Leste, bem antes da revolta do seu amigo Chipenda e que determinara a sua vida nos anos futuros.

Nzadi dirigiu a palavra ao general Fogo, que era o seu nome de guerra naqueles últimos anos da década de sessenta e início da de setenta. Abraçaram-se.

Pedro, que havia frequentado a Wittwatersrand University em Joanesburgo, a renomada universidade conhecida por Wits, veio a terminar, com distinção, o curso de Direito Internacional no ano de 1994, ano em que completou 22 anos de idade. O seu desempenho universitário proporcionou-lhe a obtenção de uma bolsa de estudos de mestrado em Direito de Petróleos na cidade escocesa de Aberdeen.

Pedro, blindado com o medalhão ao pescoço, iniciou em Aberdeen o seu mestrado, que tratava das diferentes formas de propriedade dos recursos naturais, em especial do petróleo. Em diferentes países podia verificar-se ser o Estado o proprietário original desse recurso, delegando a sua exploração a agências governamentais ou a empresas de sua propriedade, nuns casos através de leis complexas e que se iam complementando ao longo de vários anos, noutros casos manifestando-se ruturas jurídicas, por vezes mesmo constitucionais, que tornavam o exercício da atividade internacional de pesquisa, prospeção, desenvolvimento e exploração do petróleo um vasto campo de ação jurídica, no qual Pedro se ia especializando.

Terminado o mestrado em 1996 e tendo seu pai Nzadi regressado a Angola, em circunstâncias que determinaram também o futuro de Pedro, foi este admitido, através da Delegação da Sonangol em Londres, na empresa angolana, tendo regressado ao país no final de 1999, poucos meses antes da viragem do século.

ESPIRAS FINAIS

Foram precisos mais de 400 anos após a chegada ao território dos primeiros escravos provenientes do continente africano para que, em 1964, o então presidente dos Estados Unidos da América, o senhor Lyndon B. Johnson, proclamasse o Civil Rights Act, instituindo-se a proibição da discriminação racial. Iniciava-se deste modo o processo de transformação dos antigos escravos e seus descendentes, ou seja, de todos aqueles que de algum modo eram possuidores de traços genéticos africanos, pela primeira vez, em cidadãos norte-americanos, embora tenham sido necessários vários anos e sucessivas emendas até à aplicação mais ampla daquele Civil Rights Act.

Muitos tinham sido os atos de luta civil, uns violentos outros de resistência moral, que haviam dividido a sociedade no decurso daqueles séculos, primeiro na luta pela abolição da escravatura e mais recentemente na batalha pelo reconhecimento dos direitos civis dos descendentes de África.

De entre os grupos que mais se destacaram na luta contra a universalização desses direitos aparece a organização designada de KKK (Ku Klux Klan), fundada na segunda metade do século XIX e que por volta de 1915 agregava cerca de quatro milhões de membros.

Naquele tempo de impunidade, milhares de negros e seus descendentes foram perseguidos, violentados e até mesmo linchados pelos ultrarracistas desta organização. Com os novos ventos e lutas pelo reconhecimento dos direitos dos negros à cidadania, o KKK foi também perdendo fôlego e a partir dos anos 50 viu-se reduzido a cerca de três mil ativistas.

Foram criadas várias organizações de luta na defesa desses direitos, com especial realce para os Black Panthers com cerca de dois mil militantes, cuja figura mais mediática foi Malcolm X, com um discurso racista-antirracista confuso e que acabou assassinado em 1965.

De enorme estatura humana há a realçar o pastor batista Martin Luther King, grande orador e líder, que elevou as reivindicações dos negros americanos a uma dimensão universal e que acabou, ele próprio, por ser também assassinado em 1968.

– Nunca houve nenhuma espécie de coordenação entre esta luta interna dos negros americanos e os movimentos africanos de luta contra a colonização?
– Haver houve, mas não tão bem-sucedida. Foram os tempos dos movimentos pan-africanistas e da descoberta da negritude.

Em setembro de 1956 teve lugar, em Paris, o 1º Congresso dos Escritores e Artistas Negros, que reuniu centenas de intelectuais de África, das Caraíbas e dos Estados Unidos da América.

– Foi nesse Congresso que participaram o angolano Mário Pinto de Andrade e o moçambicano Marcelino dos Santos?
– Esses mesmo. Mário trabalhava na revista Présence Africaine, *criada em 1947 pelo senegalês Alioune Diop, e que à altura do Congresso era dirigida pelo martiniquês Aimé Césaire, grande poeta. Vejo que estás bem informado. Mas não autorizaram a participação de escritores e poe-*

tas argelinos, porque – segundo os organizadores – não pertenciam ao mundo negro. Esta e outras divergências ideológicas dividiram muito o Congresso. Formaram-se praticamente três grupos: o dos africanos, composto pelos intelectuais que viviam na Europa, o das Caraíbas, que eram preponderantes do ponto de vista intelectual, e o dos Estados Unidos, que só tinham em comum a cor da pele, com várias tonalidades, a herança da escravatura e a afirmação social, e que chocaram com o grupo africano, dado que estes tinham como preocupação dominante a questão colonial, uma visão materialista e dialética dos caminhos a seguir, no que eram apoiados por alguns antilhanos. Mas tiveram lugar várias divergências e preocupações de ordem identitária. A questão do "negro" não era somente uma questão de cor da pele, mas primordialmente era considerada por alguns como o resultado da ação colonial sobre as sociedades africanas e da alienação individual e coletiva daí resultante. O que, diga-se, não é o mesmo fenómeno da escravatura e da desumanização do escravo daí resultante. Persistia uma grande confusão de conceitos de negritude: uns eram negros por serem considerados não brancos, mas sim descendentes de escravos, e outros eram negros e sempre foram livres. Nunca foram escravos, mas sim colonizados. Quem explicou estes fenómenos com lucidez, abrangência e visão científica foi, nessa altura, o médico martiniquês

Frantz Fanon em sua obra magistral Pele negra, máscaras brancas. *Ainda houve um segundo Congresso, em 1959 em Roma, e nessa altura já o Gana e a Guiné eram independentes dos respetivos poderes coloniais, assim como se avizinhavam as independências dos restantes países, com exceção dos territórios colonizados por Portugal.*

– Dizem que em 1969 o antigo primeiro-ministro do movimento Black Panthers, mister Stokely Carmichael, marido de Miriam Makeba, se encontrou com um grupo da direção do MPLA e que ficou chocado com a quantidade de mestiços seus interlocutores: o Lara, o Iko, o Macedo dos Santos. Não se compreende bem essa atitude quando na América basta um miligrama de melanina para se considerarem negros. É verdade mesmo?

– Que bastava um miligrama de melanina, é sim verdade.

No ano de 1975, a 11 de novembro, aconteceu a proclamação da República de Angola como país independente, quase vinte anos após o 1º Congresso de Escritores de Paris.

Nesse mesmo dia nascia em Boston a primeira filha de Mr. George Clearwater, pastor da igreja batista, a quem deram o nome próprio de Grace

Mary. Todos os seus antepassados, desde os tempos de Ralph Longleg, foram uma sucessão de pastores daquela confissão religiosa e seu pai fora um ativista do movimento de Martin Luther King, alguns anos antes. Sua mãe, Elisabeth, descendia da linhagem de Longleg e, já depois de casada com Mr. Clearwater, tendo este assumido uma pequena paróquia em Massachussets, passara a viver nos arredores de Boston. Elisabeth era uma mulher alta, bonita, cor de leite com chocolate.

A vida em Boston era, então, muito diferente da que foi dada viver aos primeiros descendentes do jovem Mensah, que, vindo da Jamaica, aportara séculos antes nas praias da Luisiana, estado sulano vivendo do trabalho dos escravos e da discriminação social daí resultante. O estado de Massachussets não tinha vivido esses traumas ancestrais com a mesma intensidade e sempre fora mais liberal e inclusivo.

Livre da precariedade daqueles longínquos tempos e da pressão da cor da pele na vida quotidiana, Grace Mary foi crescendo em ambiente familiar religioso, frequentando as sucessivas etapas de instrução e ensino, mostrando sempre grande dedicação, responsabilidade e inteligência, destacando-se ainda pela sua participação no coro da igreja, não só pelo timbre de sua voz mas também pela sua beleza.

Terminado o mestrado em Direito Internacional do Petróleo na Universidade de Massachussets, candidatou-se a um emprego na multinacional Gasandoil Corporation e foi colocada em Houston, no estado do Texas, onde, no ano 2000, se integrou na equipa de acompanhamento e estudo das relações entre esta *Major* do *Oil Business* e a empresa nacional de petróleo angolana Sonangol.

A primeira viagem de Grace Mary a Angola teve lugar em junho de 2002, integrada na delegação da Gasandoil que, tendo participado na licitação de um novo bloco de petróleo no *off-shore* angolano, iniciava agora as negociações com a concessionária nacional, a Sonangol, para a concretização do necessário contrato de concessão.

A guerra em Angola, que parecera interminável e havia durado décadas, chegara ao fim em fevereiro desse mesmo ano. Renascia a confiança de investidores externos e o negócio do petróleo iria a partir de agora fluir em ambiente reforçado de aposta no investimento.

Ao chegar a Luanda trazia ao pescoço a sua parte do medalhão que ali lhe fora colocado por sua mãe

Elisabeth, que, após um beijo profundo, lhe recomendou a proteção daquele talismã que, segundo ela, pertencia à família já há muitos anos.

Quinhentos anos depois de D. Pedro, primo como irmão do bispo D. Henrique e ambos descendentes da corte real do Reino do Kongo, ter dividido as duas partes do medalhão e as ter entregado a Maria da Graça, pela primeira vez o anel e o círculo se encontravam no seu território de origem.

O encontro de ambos teve lugar na direção de negociações, na sede da Sonangol, em Luanda.

Grace Mary e Pedro, frente a frente sentados a uma extensa mesa de reuniões, apresentavam as contribuições das suas duas respetivas empresas, em análise ao *draft* apresentado pela parte americana e que era a base de discussão do futuro acordo com a concessionária angolana.

Ambos sentiam a existência de um inexplicado campo de forças que os interligava. É que, defronte um do outro, o círculo e o anel do medalhão estabeleceram comunicação.

Os documentos a apreciar eram constituídos por um corpo central ao qual se juntavam inúmeros anexos específicos das condições aplicáveis. Apresentadas as observações gerais, estas dariam lugar a múltiplas reuniões entre os juristas, tendo em vista registar o que já fora acordado, sendo que os pontos ainda em litígio ou somente divergentes teriam de voltar à grande mesa de reuniões ou, quando necessário, à análise separada dos respetivos chefes de delegação.

Muitos dias e horas foram Grace Mary e Pedro trabalhando em conjunto até que um acordo e texto final foi conseguido, o qual teria de ser assinado por ambas as partes e posteriormente remetido às autoridades governamentais angolanas e ao *board* de diretores da Gasandoil Corporation para ratificação.

No decorrer dos trabalhos foi-se também desenvolvendo grande empatia entre os dois juristas e muitas foram as conversas, nas pausas para almoços e jantares, conversas essas sobre todos os outros assuntos, exceto petróleo e gás.

Passaram em revista as vidas quotidianas na América e em Angola, os *hobbies* e interesses de cada um e descobriram que ambos se interessavam muito pela História de ambos os países e falaram de música, sons e ritmos, de cantores que ambos conheciam e apreciavam e de literatura, da americana de que Pedro era um pouco conhecedor e da angolana de que Grace Mary nunca ouvira falar.

Terminados os trabalhos, acordaram as partes que a sua assinatura formal se realizaria na base logística do Kwanda, no Soyo, junto à foz do fabuloso rio.

Depois do abraço entre o general na reserva Fogo e Nzadi, este integrou uma equipa da Executive Outcomes que em conjunto com as forças armadas nacionais teve como principal missão o combate contra as forças militares da UNITA, que ocupava grande parte da região mais produtiva de diamantes, no nordeste do país, com os quais financiava significativamente as suas operações militares.

Embora eles próprios não se considerassem mercenários e estivessem engajados ao abrigo do acordo com o Estado angolano, na África do Sul, de onde era oriunda parte do contingente, para além dos angolanos, foi levantada uma grande campanha quer nos órgãos de informação quer ao nível dos serviços de inteligência daquele país, que também enveredava por novos caminhos, no sentido de os qualificar como mercenários, sendo sublinhada a ilegalidade da sua ação.

Foi mais ou menos por essa altura que o presidente da África do Sul, De Klerk, ordenou o fim e a desmobilização do antigo Batalhão Búfalo, o que fez com que os angolanos que o integravam tivessem ficado não só apátridas mas também indesejados, apesar dos longos anos em que haviam servido os desígnios do Estado sul-africano.

O ano de 1996 presenciou a retirada dos militares da Executive Outcomes.

Nzadi decidiu ficar no país. Com o apoio dos seus antigos companheiros dos tempos da guerra de libertação foi-lhe atribuída a concessão e exploração de um posto de abastecimento de combustíveis, o que lhe permitiria uma vida moderadamente folgada.

Esse foi também o ano de ingresso de Pedro nos quadros da Sonangol.

Só faltava ir buscar Kaxweka, a sua companheira. Feito isso, iniciaram uma nova fase de suas vidas.

E Nzadi por aí continua, até aos dias de hoje.

A assinatura do contrato entre a Sonangol e a Gasandoil Corporation foi marcado para uma sexta-feira, devendo ambas as delegações pernoitar no Soyo e regressar no dia seguinte. Ficaram acomodados no hotel de serviço da Base do Kwanda. Assistiram à assinatura as autoridades provinciais e municipais.

Grace Mary e Pedro, como mestres de cerimónia, ocuparam-se da boa execução de todos os atos protocolares. Ao fim da tarde, no restaurante da base realizou-se um jantar que reuniu mais de uma centena de convivas.

Pedro convidou Grace Mary para irem dar uma volta pela base e visitar o cemitério da antiga aldeia de pescadores, que ficava próximo, onde estavam enterrados os seus mais antigos progenitores.

Nem todas as campas tinham nomes que identificassem os que ali estavam enterrados. Mas pairava no ar uma estranha força de atração que fez com que ambos se entrelaçassem. Uniram as bocas e as suas mãos percorreram o território do parceiro em intermináveis carícias. Voltaram para o local onde ainda decorriam os comes e bebes que em breve terminariam.

Dirigiram-se para o hotel. Pedro e Grace Mary entraram no quarto desta, onde deram continuidade e resposta à força que os unia, iniciando cada um deles a tarefa de despir o outro. Com os troncos descobertos, mais uma vez se sentiram atraídos um pelo outro e, com alguma surpresa, assistiram ao fenómeno singular do círculo do medalhão se encaixar no anel do mesmo, de tal modo que não puderam se afastar a não ser quando retiraram de seus respetivos pescoços os cordões entrançados de cauda de elefante. Colocaram o medalhão assim unificado em cima da mesa de cabeceira.

Não tinham tempo para se dedicarem à análise do medalhão assim reunido, deixando isso para depois, face à premência com que acabaram de se despir e se deitaram, unindo os corpos, num ato de incesto na família real, secularmente esperado, como as partes do medalhão já o haviam feito. Acabaram por adormecer entrançados um no outro.

No silêncio da madrugada, as partes do medalhão agora reunidas num só esgueiraram-se para fora do quarto e decidiram dirigir-se ao encontro do majestoso rio.

Passaram outra vez pelo cemitério.

Sugeriu o círculo do medalhão que se enterrassem debaixo de uma das campas, mas acordaram que iriam ao encontro do rio, não querendo correr o risco de virem a ser encontrados mais tarde.

Tendo chegado à sua margem, a ele se atiraram e assim foram chapinhando e saltitando por sobre as águas calmas da margem até que a correnteza se tornou mais forte e arrastou o medalhão para as profundidades do Nzadi, o portentoso rio, que sempre ali estivera, mesmo antes de os primeiros seres humanos terem surgido.

– Fizeram bem, acho eu. E ficamos por aqui?
– Tu, sim. Por ora é tudo. Tenho agora de preparar o futuro.

Este livro foi impresso em junho de 2022,
na Gráfica Assahí, em São Paulo. O papel de miolo
é o pólen natural 80g/m², e o de capa é o cartão 250g/m².
As fontes usadas no miolo são a Volkorn para o texto e
Butler para os títulos.